Collection **L'Imaginaire**

Marguerite Yourcenar
de l'Académie française

NOUVELLES ORIENTALES

Gallimard

Née en 1903 à Bruxelles d'un père français et d'une mère d'origine belge, Marguerite Yourcenar grandit en France, mais c'est surtout à l'étranger qu'elle résidera par la suite : Italie, Suisse, Grèce, puis Amérique où elle vivra dans l'île de Mount Desert, sur la côte nord-est des États-Unis, jusqu'à sa mort en 1987.

Marguerite Yourcenar a été élue à l'Académie française le 6 mars 1980.

Son œuvre comprend des romans : *Alexis ou Le traité du vain combat* (1929), *Le coup de grâce* (1939), *Denier du rêve* (version définitive en 1959) ; des poèmes en prose : *Feux* (1936) ; en vers réguliers : *Les charités d'Alcippe* (1956) ; des nouvelles : *Nouvelles orientales* (1963) ; des essais : *Sous bénéfice d'inventaire* (1962) ; des pièces de théâtre et des traductions.

Mémoires d'Hadrien (1951), roman historique d'une vérité étonnante, lui a valu une réputation mondiale. *L'Œuvre au Noir* a obtenu à l'unanimité le prix Femina 1968. *Souvenirs pieux* (1974), *Archives du Nord* (1977) et *Quoi ? L'Éternité* (1988) constituent le triptyque familial intitulé « Le labyrinthe du monde ».

À ANDRÉ L. EMBIRICOS

Comment Wang-Fô
fut sauvé

Le vieux peintre Wang-Fô et son disciple Ling erraient le long des routes du royaume de Han.

Ils avançaient lentement, car Wang-Fô s'arrêtait la nuit pour contempler les astres, le jour pour regarder les libellules. Ils étaient peu chargés, car Wang-Fô aimait l'image des choses, et non les choses elles-mêmes, et nul objet au monde ne lui semblait digne d'être acquis, sauf des pinceaux, des pots de laque et d'encres de Chine, des rouleaux de soie et de papier de riz. Ils étaient pauvres, car Wang-Fô troquait ses peintures contre une ration de bouillie de millet et dédaignait les pièces d'argent. Son disciple Ling, pliant sous le poids d'un sac plein d'esquisses, courbait respectueusement le dos comme s'il portait la voûte céleste, car ce sac, aux yeux de Ling, était rempli de montagnes sous la neige, de fleuves au printemps, et du visage de la lune d'été.

Ling n'était pas né pour courir les routes au côté d'un vieil homme qui s'emparait de l'aurore et captait le crépuscule. Son père était changeur d'or ; sa mère était l'unique enfant d'un marchand de jade qui lui avait légué ses biens en la maudissant parce qu'elle n'était pas un fils. Ling avait grandi dans une maison d'où la richesse éliminait les hasards. Cette existence soigneusement calfeutrée l'avait rendu timide : il craignait les insectes, le tonnerre et le visage des morts. Quand il eut quinze ans, son père lui choisit une épouse et la prit très belle, car l'idée du bonheur qu'il procurait à son fils le consolait d'avoir atteint l'âge où la nuit sert à dormir. L'épouse de Ling était frêle comme un roseau, enfantine comme du lait, douce comme la salive, salée comme les larmes. Après les noces, les parents de Ling poussèrent la discrétion jusqu'à mourir, et leur fils resta seul dans sa maison peinte de cinabre, en compagnie de sa jeune femme, qui souriait sans cesse, et d'un prunier qui chaque printemps donnait des fleurs roses. Ling aima cette femme au cœur limpide comme on aime un miroir qui ne se ternirait pas, un talisman qui protégerait toujours. Il fréquentait les maisons de thé pour obéir à la mode et favorisait modérément les acrobates et les danseuses.

Une nuit, dans une taverne, il eut Wang-Fô pour compagnon de table. Le vieil homme avait bu pour se mettre en état de mieux peindre un ivrogne ; sa tête penchait de côté, comme s'il s'efforçait de mesurer la distance qui séparait sa main de sa tasse. L'alcool de riz déliait la langue de cet artisan taciturne, et Wang ce soir-là parlait comme si le silence était un mur, et les mots des couleurs destinées à le couvrir. Grâce à lui, Ling connut la beauté des faces de buveurs estompées par la fumée des boissons chaudes, la splendeur brune des viandes inégalement léchées par les coups de langue du feu, et l'exquise roseur des taches de vin parsemant les nappes comme des pétales fanés. Un coup de vent creva la fenêtre ; l'averse entra dans la chambre. Wang-Fô se pencha pour faire admirer à Ling la zébrure livide de l'éclair, et Ling, émerveillé, cessa d'avoir peur de l'orage.

Ling paya l'écot du vieux peintre : comme Wang-Fô était sans argent et sans hôte, il lui offrit humblement un gîte. Ils firent route ensemble ; Ling tenait une lanterne ; sa lueur projetait dans les flaques des feux inattendus. Ce soir-là, Ling apprit avec surprise que les murs de sa maison n'étaient pas rouges, comme il l'avait cru, mais qu'ils avaient la couleur d'une orange prête à pourrir. Dans la cour, Wang-Fô remarqua la forme délicate d'un arbuste, auquel personne n'avait prêté attention jusque-là, et le compara à une jeune femme qui laisse sécher ses cheveux. Dans le couloir, il suivit avec ravissement la marche hésitante d'une fourmi le long des crevasses de la muraille, et l'horreur de Ling pour ces bestioles s'évanouit. Alors, comprenant que Wang-Fô venait de lui faire cadeau d'une âme et d'une perception neuves, Ling coucha respectueusement le vieillard dans la chambre où ses père et mère étaient morts.

Depuis des années, Wang-Fô rêvait de faire le portrait d'une princesse d'autrefois jouant du luth sous un saule. Aucune femme n'était assez irréelle pour

lui servir de modèle, mais Ling pouvait le faire, puisqu'il n'était pas une femme. Puis Wang-Fô parla de
peindre un jeune prince tirant de l'arc au pied d'un
grand cèdre. Aucun jeune homme du temps présent
n'était assez irréel pour lui servir de modèle, mais
Ling fit poser sa propre femme sous le prunier du
jardin. Ensuite, Wang-Fô la peignit en costume de fée
parmi les nuages du couchant, et la jeune femme
pleura, car c'était un présage de mort. Depuis que
Ling lui préférait les portraits que Wang-Fô faisait
d'elle, son visage se flétrissait, comme la fleur en
butte au vent chaud ou aux pluies d'été. Un matin,
on la trouva pendue aux branches du prunier rose :
les bouts de l'écharpe qui l'étranglait flottaient mêlés
à sa chevelure ; elle paraissait plus mince encore que
d'habitude, et pure comme les belles célébrées par
les poètes des temps révolus. Wang-Fô la peignit une
dernière fois, car il aimait cette teinte verte dont se
recouvre la figure des morts. Son disciple Ling broyait
les couleurs, et cette besogne exigeait tant d'applica-
tion qu'il oubliait de verser des larmes.

Ling vendit successivement ses esclaves, ses jades et
les poissons de sa fontaine pour procurer au maître
des pots d'encre pourpre qui venaient d'Occident.
Quand la maison fut vide, ils la quittèrent, et Ling
ferma derrière lui la porte de son passé. Wang-Fô
était las d'une ville où les visages n'avaient plus à lui
apprendre aucun secret de laideur ou de beauté, et le
maître et le disciple vagabondèrent ensemble sur les
routes du royaume de Han.

Leur réputation les précédait dans les villages, au seuil des châteaux forts et sous le porche des temples où les pèlerins inquiets se réfugient au crépuscule. On disait que Wang-Fô avait le pouvoir de donner la vie à ses peintures par une dernière touche de couleur qu'il ajoutait à leurs yeux. Les fermiers venaient le supplier de leur peindre un chien de garde, et les seigneurs voulaient de lui des images de soldats. Les prêtres honoraient Wang-Fô comme un sage ; le peuple le craignait comme un sorcier. Wang se réjouissait de ces différences d'opinions qui lui permettaient d'étudier autour de lui des expressions de gratitude, de peur, ou de vénération.

Ling mendiait la nourriture, veillait sur le sommeil du maître et profitait de ses extases pour lui masser les pieds. Au point du jour, quand le vieux dormait encore, il partait à la chasse de paysages timides dissimulés derrière des bouquets de roseaux. Le soir, quand le maître, découragé, jetait ses pinceaux sur le sol, il les ramassait. Lorsque Wang était triste et parlait de son grand âge, Ling lui montrait en souriant le tronc solide d'un vieux chêne ; lorsque Wang était gai et débitait des plaisanteries, Ling faisait humblement semblant de l'écouter.

Un jour, au soleil couchant, ils atteignirent les faubourgs de la ville impériale, et Ling chercha pour Wang-Fô une auberge où passer la nuit. Le vieux s'enveloppa dans des loques, et Ling se coucha contre lui pour le réchauffer, car le printemps venait à peine de naître, et le sol de terre battue était encore gelé. À l'aube, des pas lourds retentirent dans les corridors de l'auberge ; on entendit les chuchotements effrayés de l'hôte, et des commandements criés en langue barbare. Ling frémit, se souvenant qu'il avait volé la veille un gâteau de riz pour le repas du maître. Ne doutant pas qu'on ne vînt l'arrêter, il se demanda qui aiderait demain Wang-Fô à passer le gué du prochain fleuve.

Les soldats entrèrent avec des lanternes. La flamme filtrant à travers le papier bariolé jetait des lueurs rouges ou bleues sur leurs casques de cuir. La corde d'un arc vibrait sur leur épaule, et les plus féroces poussaient tout à coup des rugissements sans raison. Ils posèrent lourdement la main sur la nuque de Wang-Fô, qui ne put s'empêcher de remarquer que leurs manches n'étaient pas assorties à la couleur de leur manteau.

Soutenu par son disciple, Wang-Fô suivit les soldats en trébuchant le long des routes inégales. Les passants attroupés se gaussaient de ces deux criminels qu'on menait sans doute décapiter. À toutes les questions de Wang, les soldats répondaient par une grimace sauvage. Ses mains ligotées souffraient, et Ling désespéré regardait son maître en souriant, ce qui était pour lui une façon plus tendre de pleurer.

Ils arrivèrent sur le seuil du palais impérial, dont les murs violets se dressaient en plein jour comme un pan de crépuscule. Les soldats firent franchir à Wang-Fô d'innombrables salles carrées ou circulaires dont la forme symbolisait les saisons, les points cardinaux, le mâle et la femelle, la longévité, les prérogatives du pouvoir. Les portes tournaient sur elles-mêmes en émettant une note de musique, et leur agencement était tel qu'on parcourait toute la gamme en traversant le palais de l'Est au Couchant. Tout se concertait pour donner l'idée d'une puissance et d'une subtilité surhumaines, et l'on sentait que les moindres ordres prononcés ici devaient être définitifs et terribles comme la sagesse des ancêtres. Enfin, l'air se raréfia ; le silence devint si profond qu'un supplicié même n'eût pas osé crier. Un eunuque souleva une tenture ; les soldats tremblèrent comme des femmes, et la petite troupe entra dans la salle où trônait le Fils du Ciel.

C'était une salle dépourvue de murs, soutenue par d'épaisses colonnes de pierre bleue. Un jardin s'épanouissait de l'autre côté des fûts de marbre, et chaque fleur contenue dans ses bosquets appartenait à une espèce rare apportée d'au-delà les océans. Mais aucune n'avait de parfum, de peur que la méditation du Dragon Céleste ne fût troublée par les bonnes odeurs. Par respect pour le silence où baignaient ses pensées, aucun oiseau n'avait été admis à l'intérieur de l'enceinte, et on en avait même chassé les abeilles. Un mur énorme séparait le jardin du reste du monde, afin que le vent, qui passe sur les chiens crevés et les cadavres des champs de bataille, ne pût se permettre de frôler la manche de l'Empereur.

Le Maître Céleste était assis sur un trône de jade, et

ses mains étaient ridées comme celles d'un vieillard, bien qu'il eût à peine vingt ans. Sa robe était bleue pour figurer l'hiver, et verte pour rappeler le printemps. Son visage était beau, mais impassible comme un miroir placé trop haut qui ne refléterait que les astres et l'implacable ciel. Il avait à sa droite son Ministre des Plaisirs Parfaits, et à sa gauche son Conseiller des Justes Tourments. Comme ses courtisans, rangés au pied des colonnes, tendaient l'oreille pour recueillir le moindre mot sorti de ses lèvres, il avait pris l'habitude de parler toujours à voix basse.

— Dragon Céleste, dit Wang-Fô prosterné, je suis vieux, je suis pauvre, je suis faible. Tu es comme l'été ; je suis comme l'hiver. Tu as Dix Mille Vies ; je n'en ai qu'une, et qui va finir. Que t'ai-je fait ? On a lié mes mains, qui ne t'ont jamais nui.

— Tu me demandes ce que tu m'as fait, vieux Wang-Fô ? dit l'Empereur.

Sa voix était si mélodieuse qu'elle donnait envie de pleurer. Il leva sa main droite, que les reflets du pavement de jade faisaient paraître glauque comme une plante sous-marine, et Wang-Fô, émerveillé par la longueur de ces doigts minces, chercha dans ses souvenirs s'il n'avait pas fait de l'Empereur, ou de ses ascendants, un portrait médiocre qui mériterait la mort. Mais c'était peu probable, car Wang-Fô jusqu'ici avait peu fréquenté la cour des empereurs, lui préférant les huttes des fermiers, ou, dans les villes, les faubourgs des courtisanes et les tavernes le long des quais où se querellent les portefaix.

— Tu me demandes ce que tu m'as fait, vieux Wang-Fô ? reprit l'Empereur en penchant son cou grêle vers le vieil homme qui l'écoutait. Je vais te le dire. Mais, comme le venin d'autrui ne peut se glisser en nous que par nos neuf ouvertures, pour te mettre en présence de tes torts, je dois te promener le long des corridors de ma mémoire, et te raconter toute ma vie. Mon père avait rassemblé une collection de tes peintures dans la chambre la plus secrète du palais, car il était d'avis que les personnages des tableaux doivent être soustraits à la vue des profanes, en présence de qui ils ne peuvent baisser les yeux. C'est dans ces salles que j'ai été élevé, vieux Wang-Fô, car on avait organisé autour de moi la solitude pour me permettre d'y grandir. Pour éviter à ma candeur l'éclaboussure des âmes humaines, on avait éloigné de moi le flot agité de mes sujets futurs, et il n'était permis à personne de passer devant mon seuil, de peur que l'ombre de cet homme ou de cette femme ne s'étendît jusqu'à moi. Les quelques vieux serviteurs qu'on m'avait octroyés se montraient le moins possible ; les heures tournaient en cercle ; les couleurs de tes peintures s'avivaient avec l'aube et pâlissaient avec le crépuscule. La nuit, quand je ne parvenais pas à dormir, je les regardais, et, pendant près de dix ans, je les ai regardées toutes les nuits. Le jour, assis sur un tapis dont je savais par cœur le dessin, reposant mes paumes vides sur mes genoux de soie jaune, je rêvais aux joies que me procurerait l'avenir. Je me représentais le monde, le ne vînt tacher la robe du maître. Un des soldats leva son sabre, et la tête de Ling se détacha de sa nuque, pareille à une fleur coupée. Les serviteurs emportèrent ses restes, et Wang-Fô, désespéré, admira la belle tache écarlate que le sang de son disciple faisait sur le pavement de pierre verte.

L'Empereur fit un signe, et deux eunuques essuyèrent les yeux de Wang-Fô.

— Écoute, vieux Wang-Fô, dit l'Empereur, et sèche tes larmes, car ce n'est pas le moment de pleurer. Tes yeux doivent rester clairs, afin que le peu de lumière qui leur reste ne soit pas brouillée par tes pleurs. Car ce n'est pas seulement par rancune que je souhaite ta mort ; ce n'est pas seulement par cruauté que je veux te voir souffrir. J'ai d'autres projets, vieux Wang-Fô. Je possède dans ma collection de tes œuvres une peinture admirable où les montagnes, l'estuaire des fleuves et la mer se reflètent, infiniment rapetissés sans doute, mais avec une évidence qui surpasse celle des objets eux-mêmes, comme les figures qui se mirent sur les parois d'une sphère. Mais cette peinture est inachevée, Wang-Fô, et ton chef-d'œuvre est à l'état d'ébauche. Sans doute, au moment où tu peignais, assis dans une vallée solitaire, tu remarquas un oiseau qui passait, ou un enfant qui poursuivait cet oiseau. Et le bec de l'oiseau ou les joues de l'enfant t'ont fait oublier les paupières bleues des flots. Tu n'as pas terminé les franges du manteau de la mer, ni les cheveux d'algues des rochers. Wang-Fô, je veux que tu consacres les heures de lumière qui te restent

à finir cette peinture, qui contiendra ainsi les derniers secrets accumulés au cours de ta longue vie.
Nul doute que tes mains, si près de tomber, ne trem-
bleront sur l'étoffe de soie, et l'infini pénétrera dans
ton œuvre par ces hachures du malheur. Et nul
doute que tes yeux, si près d'être anéantis, ne décou-
vriront des rapports à la limite des sens humains. Tel
est mon projet, vieux Wang-Fô, et je puis te forcer à
l'accomplir. Si tu refuses, avant de t'aveugler, je ferai
brûler toutes tes œuvres, et tu seras alors pareil à un
père dont on a massacré les fils et détruit les espé-
rances de postérité. Mais crois plutôt, si tu veux, que
ce dernier commandement n'est qu'un effet de ma
bonté, car je sais que la toile est la seule maîtresse
que tu aies jamais caressée. Et t'offrir des pinceaux,
des couleurs et de l'encre pour occuper tes dernières
heures, c'est faire l'aumône d'une fille de joie à un
homme qu'on va mettre à mort.

Sur un signe du petit doigt de l'Empereur, deux
eunuques apportèrent respectueusement la peinture
inachevée où Wang-Fô avait tracé l'image de la mer
et du ciel. Wang-Fô sécha ses larmes et sourit, car
cette petite esquisse lui rappelait sa jeunesse. Tout y
attestait une fraîcheur d'âme à laquelle Wang-Fô ne
pouvait plus prétendre, mais il y manquait cependant
quelque chose, car à l'époque où Wang l'avait peinte,
il n'avait pas encore assez contemplé de montagnes,
ni de rochers baignant dans la mer leurs flancs nus,
et ne s'était pas assez pénétré de la tristesse du crépuscule. Wang-Fô choisit un des pinceaux que lui

présentait un esclave et se mit à étendre sur la mer inachevée de larges coulées bleues. Un eunuque accroupi à ses pieds broyait les couleurs ; il s'acquittait assez mal de cette besogne, et plus que jamais Wang-Fô regretta son disciple Ling.

Wang commença par teinter de rose le bout de l'aile d'un nuage posé sur une montagne. Puis il ajouta à la surface de la mer de petites rides qui ne faisaient que rendre plus profond le sentiment de sa sérénité. Le pavement de jade devenait singulièrement humide, mais Wang-Fô, absorbé dans sa peinture, ne s'apercevait pas qu'il travaillait assis dans l'eau.

Le frêle canot grossi sous les coups de pinceau du peintre occupait maintenant tout le premier plan du rouleau de soie. Le bruit cadencé des rames s'éleva soudain dans la distance, rapide et vif comme un battement d'aile. Le bruit se rapprocha, emplit doucement toute la salle, puis cessa, et des gouttes tremblaient, immobiles, suspendues aux avirons du batelier. Depuis longtemps, le fer rouge destiné aux yeux de Wang s'était éteint sur le brasier du bourreau. Dans l'eau jusqu'aux épaules, les courtisans, immobilisés par l'étiquette, se soulevaient sur la pointe des pieds. L'eau atteignit enfin au niveau du cœur impérial. Le silence était si profond qu'on eût entendu tomber des larmes.

C'était bien Ling. Il avait sa vieille robe de tous les jours, et sa manche droite portait encore les traces d'un accroc qu'il n'avait pas eu le temps de réparer, le matin, avant l'arrivée des soldats. Mais il avait autour du cou une étrange écharpe rouge.

Wang-Fô lui dit doucement en continuant à peindre :

— Je te croyais mort.

— Vous vivant, dit respectueusement Ling, comment aurais-je pu mourir ?

Et il aida le maître à monter en barque. Le plafond de jade se reflétait sur l'eau, de sorte que Ling paraissait naviguer à l'intérieur d'une grotte. Les tresses des courtisans submergés ondulaient à la surface comme des serpents, et la tête pâle de l'Empereur flottait comme un lotus.

— Regarde, mon disciple, dit mélancoliquement Wang-Fô. Ces malheureux vont périr, si ce n'est déjà fait. Je ne me doutais pas qu'il y avait assez d'eau dans la mer pour noyer un Empereur. Que faire ?

— Ne crains rien, Maître, murmura le disciple. Bientôt, ils se trouveront à sec et ne se souviendront même pas que leur manche ait jamais été mouillée. Seul, l'Empereur gardera au cœur un peu d'amertume marine. Ces gens ne sont pas faits pour se perdre à l'intérieur d'une peinture.

Et il ajouta :

— La mer est belle, le vent bon, les oiseaux marins font leur nid. Partons, mon Maître, pour le pays au-delà des flots.

— Partons, dit le vieux peintre.

Wang-Fô se saisit du gouvernail, et Ling se pencha sur les rames. La cadence des avirons emplit de

Le paquebot flottait mollement sur les eaux lisses, comme une méduse à l'abandon. Un avion tournait avec l'insupportable vrombissement d'un insecte irrité dans l'étroit espace de ciel encaissé entre les montagnes. On n'était encore qu'au tiers d'une belle après-midi d'été, et déjà le soleil avait disparu derrière les arides contreforts des Alpes monténégrines semées de maigres arbres. La mer, si bleue le matin au large, prenait des teintes sombres à l'intérieur de ce long fjord sinueux bizarrement situé aux abords des Balkans. Déjà, les formes humbles et ramassées des maisons, la franchise salubre du paysage étaient slaves, mais la sourde violence des couleurs, la fierté nue du ciel faisaient encore songer à l'Orient et à l'Islam. La plupart des passagers étaient descendus à terre et s'expliquaient parmi les douaniers vêtus de blanc et d'admirables soldats munis d'une dague triangulaire, beaux comme l'Ange des armées. L'archéologue grec, le pacha égyptien et l'ingénieur français étaient restés sur le pont supérieur. L'ingénieur s'était commandé une bière, le pacha buvait du whisky, et l'archéologue se rafraîchissait d'une citronnade.

— Ce pays m'excite, dit l'ingénieur. Ce quai de Kotor et celui de Raguse sont sans doute les seuls débouchés méditerranéens de ce grand pays slave étalé des Balkans à l'Oural, qui ignore les délimitations changeantes de la carte d'Europe et tourne résolument le dos à la mer, qui ne pénètre en lui que par les pertuis compliqués de la Caspienne, de la Finlande, du Pont-Euxin, ou des côtes dalmates. Et, dans ce vaste continent humain, l'infinie variété des races ne détruit pas plus l'unité mystérieuse de l'ensemble que la diversité des vagues ne rompt la monotonie majestueuse de la mer. Mais ce qui m'intéresse en ce moment, ce n'est ni la géographie ni l'histoire, c'est Kotor. Les bouches de Cattaro, comme ils disent... Kotor, telle que nous la voyons du pont de ce paquebot italien, Kotor la farouche, la bien cachée, avec sa route en zigzag qui monte vers Cettigné, et la Kotor à peine plus rude des légendes et des chansons de geste slaves. Kotor l'infidèle, qui vécut jadis sous le joug des Musulmans d'Albanie, auxquels vous comprenez bien, Pacha, que la poésie épique des Serbes ne rend pas toujours justice. Et vous, Loukiadis, qui connaissez le passé comme un fermier connaît les moindres recoins de sa ferme, vous ne me direz pas que vous n'avez pas entendu parler de Marko Kraliévitch ?

— Je suis archéologue, répondit le Grec en reposant son verre de citronnade. Mon savoir se limite à la pierre sculptée, et vos héros serbes taillaient plutôt dans la chair vive. Pourtant, ce Marko m'a intéressé, moi aussi, et j'ai retrouvé sa trace dans un pays bien éloigné du berceau de sa légende, sur un sol purement grec, bien que la piété serbe y ait élevé d'assez beaux monastères...

— Au mont Athos, interrompit l'ingénieur. Les os gigantesques de Marko Kraliévitch reposent quelque part dans cette Sainte Montagne où rien ne change depuis le Moyen Âge, sauf peut-être la qualité des âmes, et où six mille moines ornés de chignons et de barbes flottantes prient encore aujourd'hui pour le salut de leurs pieux protecteurs, les princes de Trébizonde, dont la race est sans doute éteinte depuis des siècles. Qu'il est reposant de penser que l'oubli est moins prompt, moins total qu'on ne suppose, et qu'il y a encore un endroit au monde où une dynastie du temps des Croisades se survit dans les prières de quelques vieux prêtres ! Si je ne me trompe, Marko mourut dans une bataille contre les Ottomans, en Bosnie ou en pays croate, mais son dernier désir fut d'être inhumé dans ce Sinaï du monde orthodoxe, et une barque réussit à y transporter son cadavre, malgré les écueils de la mer orientale et les embûches des galères turques. Une belle histoire, et qui me fait penser, je ne sais pourquoi, à la dernière traversée d'Arthur...

« Il y a des héros en Occident, mais ils semblent maintenus par leur armature de principes comme les chevaliers du Moyen Âge par leur carapace de fer : avec ce sauvage Serbe, nous avons le héros tout nu. Les Turcs sur qui Marko se précipitait devaient avoir l'impression qu'un chêne de la montagne s'abattait sur eux. Je vous ai dit qu'en ce temps-là le Monténégro appartenait à l'Islam : les bandes serbes étaient trop peu nombreuses pour disputer ouvertement aux Circoncis la possession de la Tzernagora, cette Montagne Noire, dont le pays tire son nom. Marko Kraliévitch nouait des relations secrètes en pays infidèle avec des chrétiens faussement convertis, des fonctionnaires mécontents, des pachas en danger de disgrâce et de mort ; il lui devenait de plus en plus nécessaire de s'aboucher directement avec ses complices. Mais sa haute taille l'empêchait de se glisser chez l'ennemi, déguisé en mendiant, en musicien aveugle, ou en femme, bien que ce dernier travestissement eût été rendu possible par sa beauté : on l'eût reconnu à la longueur démesurée de son ombre. Il ne fallait pas non plus songer à amarrer un canot sur un coin désert du rivage : d'innombrables sentinelles, postées dans les rochers, opposaient à un Marko seul et absent leur présence multiple et infatigable. Mais là où une barque est visible, un bon nageur se dissimule, et seuls les poissons connaissent sa piste entre deux eaux. Marko charmait les vagues ; il nageait aussi bien qu'Ulysse, son antique voisin d'Ithaque. Il charmait aussi les femmes : les chenaux compliqués de la mer le conduisaient souvent à Kotor, au pied d'une maison de bois toute vermoulue qui haletait sous la poussée des flots ; la veuve du pacha de Scutari passait là ses nuits à rêver de Marko et ses matins à l'attendre. Elle frottait d'huile son corps glacé par les baisers mous de la mer ; elle le réchauffait dans son lit à l'insu de ses servantes ; elle lui facilitait ses rencontres nocturnes avec ses agents et ses complices. Aux petites heures du jour, elle descendait dans la cuisine encore déserte lui préparer les plats qu'il aimait le mieux manger. Il se résignait à ses seins lourds, à ses jambes épaisses, à ses sourcils qui se rejoignaient au plein milieu de son front, à son amour avide et soupçonneux de femme mûre ; il ravalait sa rage en la voyant cracher quand il s'agenouillait pour faire le signe de la croix. Une nuit, la veille du jour où Marko se proposait de regagner Raguse à la nage, la veuve descendit comme de coutume lui fabriquer son repas. Les larmes l'empêchèrent de cuisiner avec autant de soin qu'à l'ordinaire ; elle monta par malheur un plat de chevreau trop cuit. Marko venait de boire ; sa patience était restée au fond de la cruche : il lui saisit les cheveux entre ses mains poissées de sauce et hurla :

« — Chienne du diable, as-tu la prétention de me faire manger de la vieille chèvre centenaire ?

« — C'était une belle bête, répondit la veuve. Et la plus jeune du troupeau.

« — Elle était coriace comme ta viande de sorcière, et elle avait le même fumet maudit, fit le jeune chrétien ivre. Puisses-tu bouillir comme elle en enfer !

« Et, d'un coup de pied, il envoya le plat de ragoût par la fenêtre grande ouverte qui donnait sur la mer.

« La veuve lava silencieusement le plancher taché de graisse, et son propre visage bouffi de larmes. Elle ne se montra ni moins tendre, ni moins chaude que la veille ; et, au point du jour, quand le vent du Nord commença de souffler la révolte parmi les vagues du golfe, elle conseilla doucement à Marko de retarder son départ. Il y consentit : aux heures brûlantes du jour, il se recoucha pour la sieste. À son réveil, comme il s'étirait paresseusement devant les fenêtres, protégé contre le regard des passants par des persiennes compliquées, il vit briller des cimeterres : une troupe de soldats turcs encerclait la maison, en bloquait toutes les issues. Marko se précipita vers le balcon qui surplombait de très haut la mer : les vagues bondissantes se fracassaient sur les rochers avec le bruit de la foudre au ciel. Marko arracha sa chemise et plongea la tête la première dans cette tempête où ne se serait aventurée aucune barque. Des montagnes roulèrent sous lui ; il roula sous des montagnes. Les soldats saccagèrent la maison sous la conduite de la veuve sans trouver la moindre trace du jeune géant disparu ; enfin, la chemise déchirée et les grillages défoncés du balcon les mirent sur la vraie piste ; ils se ruèrent sur la plage en hurlant de dépit et de terreur. Ils reculaient malgré eux, chaque fois qu'une vague plus féroce éclatait à leurs pieds ; et les accès du vent leur semblaient le rire de Marko, et l'insolente écume son crachat sur leur visage. Pendant deux heures,

Marko nagea sans parvenir à avancer d'une brassée ; ses ennemis le visaient à la tête, mais le vent déviait leurs dards ; il disparaissait, puis reparaissait sous la même meule verte. Enfin, la veuve noua solidement son écharpe à la longue ceinture souple d'un Albanais ; un habile pêcheur de thons réussit à emprisonner Marko dans ce lasso de soie, et le nageur à demi étranglé dut se laisser traîner sur la plage. Au cours de ses parties de chasse dans les montagnes de son pays, Marko avait vu souvent des animaux faire le mort pour éviter qu'on les achève ; son instinct le porta à imiter cette ruse : le jeune homme au teint livide que les Turcs ramenèrent sur la plage était rigide et froid comme un cadavre vieux de trois jours ; ses cheveux salis par l'écume collaient à ses tempes creuses ; ses yeux fixes ne reflétaient plus l'immensité du ciel et du soir ; ses lèvres salées par la mer se figeaient sur ses mâchoires contractées ; ses bras abandonnés pendaient ; et l'épaisseur de sa poitrine empêchait qu'on entendît son cœur. Les notables du village se penchèrent sur Marko, dont leurs longues barbes chatouillaient le visage, puis, relevant tous la tête, ils s'écrièrent d'une seule et même voix :

« — Allah ! Il est mort comme une taupe pourrie, comme un chien crevé. Rejetons-le à la mer qui lave les ordures, afin que notre sol ne soit pas souillé par son corps.

« Mais la méchante veuve se mit à pleurer, puis à rire :

« — Il faut plus d'une tempête pour noyer Marko,

dit-elle, et plus d'un nœud pour l'étrangler. Tel que vous le voyez, il n'est pas mort. Si vous le rejetez à la mer, il charmera les vagues comme il m'a charmée, pauvre femme, et elles le ramèneront dans son pays. Prenez des clous et un marteau ; crucifiez ce chien comme fut crucifié son dieu qui ici ne lui viendra pas en aide, et vous verrez si ses genoux ne se tordront pas de douleur, et si sa bouche damnée ne vomira pas des cris.

« Les bourreaux prirent des clous et un marteau sur l'établi d'un radoubeur de barques, et ils percèrent les mains du jeune Serbe, et ils traversèrent ses pieds de part en part. Mais le corps du supplicié demeura inerte : aucun frémissement n'agitait ce visage qui semblait insensible, et le sang même ne suintait de sa chair ouverte que par gouttes lentes et rares, car Marko commandait à ses artères comme il commandait à son cœur. Alors, le plus vieux des notables jeta loin de lui son marteau et s'écria lamentablement :

« — Qu'Allah nous pardonne d'avoir essayé de crucifier un mort ! Attachons une grosse pierre au cou de ce cadavre, pour que l'abîme ensevelisse notre erreur, et que la mer ne nous le ramène pas.

« — Il faut plus de mille clous et de cent marteaux pour crucifier Marko Kraliévitch, dit la méchante veuve. Prenez des charbons ardents et posez-les sur sa poitrine, et vous verrez s'il ne se tord pas de douleur, comme un grand ver nu.

« Les bourreaux prirent de la braise dans le fourneau d'un calfat, et ils tracèrent un large cercle sur la poitrine du nageur glacé par la mer. Les charbons brûlèrent, puis s'éteignirent et devinrent tout noirs comme des roses rouges qui meurent. Le feu découpa sur la poitrine de Marko un grand anneau charbonneux, pareil à ces ronds tracés sur l'herbe par les danses de sorciers, mais le garçon ne gémissait pas, et aucun de ses cils ne frémit.

« — Allah, dirent les bourreaux, nous avons péché, car Dieu seul a le droit de supplicier les morts. Ses neveux et les fils de ses oncles viendront nous demander raison de cet outrage : c'est pourquoi ensevelissons-le dans un sac à moitié plein de grosses pierres, afin que la mer elle-même ne sache pas quel est le cadavre que nous lui donnons à manger.

« — Malheureux, dit la veuve, il crèvera du bras toutes les toiles et recrachera toutes les pierres. Mais faites plutôt venir les jeunes filles du village, et ordonnez-leur de danser en rond sur le sable, et nous verrons bien si l'amour continue à le supplicier.

« On appela les jeunes filles ; elles mirent à la hâte leurs habits des jours de fête : elles apportèrent des tambourins et des flûtes ; elles joignirent les mains pour danser en rond autour du cadavre, et la plus belle de toutes, un mouchoir rouge à la main, menait la danse. Elle dépassait ses compagnes de la hauteur de sa tête brune et de son cou blanc ; elle était comme le chevreuil qui bondit, comme le faucon qui vole. Marko, immobile, se laissait effleurer par ces pieds nus, mais son cœur agité battait d'une façon de plus

en plus violente et désordonnée, si fort qu'il craignait
que tous les spectateurs ne finissent par l'entendre ;
et, malgré lui, un sourire de bonheur presque dou-
loureux se dessinait sur ses lèvres, qui bougeaient
comme pour un baiser. Grâce au lent obscurcisse-
ment du crépuscule, les bourreaux et la veuve ne
s'étaient pas encore aperçus de ce signe de vie, mais
les yeux clairs de Haisché restaient sans cesse fixés sur
le visage du jeune homme, car elle le trouvait beau.
Soudain, elle laissa tomber son mouchoir rouge pour
cacher ce sourire et dit d'un ton fier :

« — Il ne me convient pas de danser devant le visage
nu d'un chrétien mort, et c'est pourquoi j'ai couvert
sa bouche, dont la seule vue me faisait horreur.

« Mais elle continua ses danses, afin que l'attention des bourreaux fût distraite et qu'arrivât l'heure
de la prière, où ils seraient forcés de s'éloigner du
rivage. Enfin, une voix du haut d'un minaret cria
qu'il était temps d'adorer Dieu. Les hommes se diri-
gèrent vers la petite mosquée rude et barbare ; les
jeunes filles fatiguées s'égrenèrent vers la ville sur
leurs babouches traînantes ; Haisché s'en alla en
tournant souvent la tête en arrière ; seule, la veuve
méfiante resta pour surveiller le faux cadavre. Soudain, Marko se redressa ; il enleva avec sa main droite
le clou de sa main gauche, prit la veuve par ses cheveux roux et lui cloua la gorge ; puis, enlevant avec sa
main gauche le clou de sa main droite, il lui cloua le
front. Il arracha ensuite les deux épines de pierre
qui lui perçaient les pieds et s'en servit pour lui cre-

ver les yeux. Quand les bourreaux revinrent, ils trouvèrent sur le rivage le cadavre convulsé d'une vieille femme, au lieu du corps d'un héros nu. La tempête s'était calmée ; mais les barques poussives donnèrent vainement la chasse au nageur disparu dans le ventre des vagues. Il va sans dire que Marko reconquit le pays et enleva la belle fille qui avait éveillé son sourire, mais ce n'est ni sa gloire, ni leur bonheur qui me touche, c'est cet euphémisme exquis, ce sourire sur les lèvres d'un supplicié pour qui le désir est la plus douce torture. Regardez : le soir tombe ; on pourrait presque imaginer sur la plage de Kotor le petit groupe de bourreaux travaillant à la lueur des charbons ardents, la jeune fille qui danse et le garçon qui ne résiste pas à la beauté.

— Une bizarre histoire, dit l'archéologue. Mais la version que vous nous en offrez est sans doute récente. Il doit en exister une autre, plus primitive. Je me renseignerai.

— Vous aurez tort, dit l'ingénieur. Je vous l'ai donnée telle que me l'ont apprise les paysans du village où j'ai passé mon dernier hiver, occupé à forer un tunnel pour l'Orient-Express. Je ne voudrais pas médire de vos héros grecs, Loukiadis : ils s'enfermaient sous leur tente dans un accès de dépit ; ils hurlaient de douleur sur leurs amis morts ; ils traînaient par les pieds le cadavre de leurs ennemis autour des villes conquises, mais, croyez-moi, il a manqué à l'*Iliade* un sourire d'Achille.

Le lait de la mort

La longue file beige et grise des touristes s'étirait dans la grande rue de Raguse; les bonnets soutachés, les opulentes vestes brodées se balançant au vent sur le seuil des boutiques allumaient l'œil des voyageurs en quête de cadeaux à bon marché ou de travestis pour les bals costumés du bord. Il faisait chaud comme il ne fait chaud qu'en enfer. Les montagnes pelées de l'Herzégovine maintenaient Raguse sous des feux de miroirs ardents. Philip Mild passa à l'intérieur d'une brasserie allemande où quelques grosses mouches bourdonnaient dans une demi-obscurité étouffante. La terrasse du restaurant donnait paradoxalement sur l'Adriatique, reparue là en pleine ville, à l'endroit où on l'eût le moins attendue, sans que cette subite échappée bleue servît à autre chose qu'à ajouter une couleur de plus au bariolage de la place du Marché. Une puanteur montait d'un tas de détritus de poissons que nettoyaient des mouettes presque insupportablement blanches. Aucun souffle ne provenait du large. Le compagnon de cabine de Philip, l'ingénieur Jules Boutrin, buvait attablé à un guéridon de zinc, à l'ombre d'un parasol couleur feu qui ressemblait de loin à une grosse orange flottant sur la mer.

— Racontez-moi une autre histoire, vieil ami, dit Philip en s'affalant lourdement sur une chaise. J'ai besoin d'un whisky et d'une histoire devant la mer... L'histoire la plus belle et la moins vraie possible, et qui me fasse oublier les mensonges patriotiques et contradictoires des quelques journaux que je viens d'acheter sur le quai. Les Italiens insultent les Slaves, les Slaves les Grecs, les Allemands les Russes, les Français l'Allemagne et, presque autant, l'Angleterre. Tous ont raison, j'imagine. Parlons d'autre chose... Qu'avez-vous fait hier à Scutari, où vous étiez si curieux d'aller voir de vos yeux je ne sais quelles turbines?

— Rien, dit l'ingénieur. À part un coup d'œil à d'incertains travaux de barrage, j'ai consacré le plus clair de mon temps à chercher une tour. J'ai entendu tant de vieilles femmes serbes me raconter l'histoire de la tour de Scutari que j'avais besoin de repérer ses briques ébréchées et d'inspecter s'il ne s'y trouve pas, comme on l'affirme, une traînée blanche... Mais le temps, les guerres et les paysans du voisinage soucieux de consolider les murs de leurs fermes l'ont démolie pierre à pierre, et son souvenir ne tient debout que dans les contes... À propos, Philip, êtes-vous assez chanceux pour avoir ce qu'on appelle une bonne mère?

— Quelle question, fit négligemment le jeune Anglais. Ma mère est belle, mince, maquillée, dure comme la glace d'une vitrine. Que voulez-vous encore que je vous dise ? Quand nous sortons ensemble, on me prend pour son frère aîné.

— C'est ça. Vous êtes comme nous tous. Quand je pense que des idiots prétendent que notre époque manque de poésie, comme si elle n'avait pas ses surréalistes, ses prophètes, ses stars de cinéma et ses dictateurs. Croyez-moi, Philip, ce dont nous manquons, c'est de réalités. La soie est artificielle, les nourritures détestablement synthétiques ressemblent à ces doubles d'aliments dont on gave les momies, et les femmes stérilisées contre le malheur et la vieillesse ont cessé d'exister. Ce n'est plus que dans les légendes des pays à demi barbares qu'on rencontre encore ces créatures riches de lait et de larmes dont on serait fier d'être l'enfant... Où ai-je entendu parler d'un poète qui ne pouvait aimer aucune femme parce qu'il avait dans une autre vie rencontré Antigone ? Un type dans mon genre... Quelques douzaines de mères et d'amoureuses, depuis Andromaque jusqu'à Griselda, m'ont rendu exigeant à l'égard de ces poupées incassables qui passent pour la réalité.

« Isolde pour maîtresse, et pour sœur la belle Aude... Oui, mais celle que j'aurais voulue pour mère est une toute petite fille de la légende albanaise, la femme d'un jeune roitelet de par ici...

« Ils étaient trois frères, et ils travaillaient à

construire une tour, d'où ils pussent guetter les pillards turcs. Ils s'étaient attelés eux-mêmes à l'ouvrage, soit que la main-d'œuvre fût rare, ou chère, ou qu'en bons paysans ils ne se fiassent qu'à leurs propres bras, et leurs femmes venaient tour à tour leur apporter à manger. Mais chaque fois qu'ils réussissaient à mener assez à bien leur travail pour placer un bouquet d'herbes sur la toiture, le vent de la nuit et les sorcières de la montagne renversaient leur tour comme Dieu fit crouler Babel. Il y a bien des raisons pour qu'une tour ne se tienne pas debout, et l'on peut inculper la maladresse des ouvriers, le mauvais vouloir du terrain, ou l'insuffisance du ciment qui lie les pierres. Mais les paysans serbes, albanais ou bulgares ne reconnaissent à ce désastre qu'une seule cause : ils savent qu'un édifice s'effondre si l'on n'a pas pris soin d'enfermer dans son soubassement un homme ou une femme dont le squelette soutiendra jusqu'au jour du Jugement dernier cette pesante chair de pierres. À Arta, en Grèce, on montre ainsi un pont où fut emmurée une jeune fille : un peu de sa chevelure sort par une fissure et pend sur l'eau comme une plante blonde. Les trois frères commençaient à se regarder avec méfiance et prenaient soin de ne pas projeter leur ombre sur le mur inachevé, car on peut, faute de mieux, enfermer dans une bâtisse en construction ce noir prolongement de l'homme qui est peut-être son âme, et celui dont l'ombre est ainsi prisonnière meurt comme un malheureux atteint d'un chagrin d'amour.

« Le soir, chacun des trois frères s'asseyait donc le plus loin possible du feu, de peur que quelqu'un ne s'approche silencieusement par-derrière, ne jette un sac de toile sur son ombre et ne l'emporte à demi étranglée, comme un pigeon noir. Leur ardeur au travail mollissait, et l'angoisse, et non plus la fatigue, baignait de sueur leurs fronts bruns. Un jour enfin, l'aîné des frères réunit autour de lui ses cadets et leur dit :

« — Petits frères, frères par le sang, le lait et le baptême, si notre tour reste inachevée, les Turcs se glisseront de nouveau sur les berges de ce lac, dissimulés derrière les roseaux. Ils violeront nos filles de ferme ; ils brûleront dans nos champs la promesse du pain futur ; ils crucifieront nos paysans aux épouvantails dressés dans nos vergers, et qui se transformeront ainsi en appâts pour corbeaux. Mes petits frères, nous avons besoin les uns des autres, et il n'est pas question pour le trèfle de sacrifier une de ses trois feuilles. Mais nous avons chacun une femme jeune et vigoureuse, dont les épaules et la belle nuque sont habituées à porter des fardeaux. Ne décidons rien, mes frères : laissons le choix au Hasard, cet homme de paille de Dieu. Demain, à l'aube, nous saisirons pour l'emmurer dans les fondations de la tour celle de nos femmes qui viendra ce jour-là nous apporter à manger. Je ne vous demande qu'un silence d'une nuit, ô mes puînés, et n'embrassons pas avec trop de larmes et de soupirs celle qui, après tout, a deux chances sur trois de respirer encore au soleil couchant.

« Il lui était facile de parler ainsi, car il détestait en secret sa jeune femme et voulait s'en débarrasser pour prendre à sa place une belle fille grecque qui avait les cheveux roux. Le second frère n'éleva pas d'objections, car il comptait bien prévenir sa femme dès son retour, et le seul qui protesta fut le cadet, car il avait l'habitude de tenir ses serments. Attendri par la magnanimité de ses aînés, qui renonçaient en faveur de l'œuvre commune à ce qu'ils avaient de plus cher au monde, il finit par se laisser convaincre et promit de se taire toute la nuit.

« Ils rentrèrent au camp à cette heure du crépuscule où le fantôme de la lumière morte hante encore les champs. Le second frère gagna sa tente de fort méchante humeur et ordonna rudement à sa femme de l'aider à ôter ses bottes. Quand elle fut accroupie devant lui, il lui jeta ses chaussures en plein visage et déclara :

« — Voici huit jours que je porte la même chemise, et dimanche viendra sans que je puisse me parer de linge blanc. Maudite fainéante, demain, dès la pointe du jour, tu iras au lac avec ton panier de linge, et tu y resteras jusqu'à la nuit entre ta brosse et ton battoir. Si tu t'en éloignes de l'épaisseur d'une semelle, tu mourras.

« Et la jeune femme promit en tremblant de consacrer la journée du lendemain à la lessive.

« L'aîné rentra chez lui bien décidé à ne rien dire à sa ménagère dont les baisers l'excédaient, et dont il n'appréciait plus la pesante beauté. Mais il avait une

faiblesse : il parlait en rêve. L'opulente matrone albanaise ne dormit pas cette nuit-là, car elle se deman-
dait en quoi elle avait pu déplaire à son seigneur.
Soudain elle entendit son mari grommeler en tirant
à lui la couverture :

« — Cher cœur, cher petit cœur de moi-même, tu
seras bientôt veuf... Comme on sera tranquille,
séparé de la noiraude par les bonnes briques de la
tour...

« Mais le cadet rentra dans sa tente, pâle et rési-
gné comme un homme qui a rencontré sur la route
la Mort elle-même, sa faulx sur l'épaule, s'en allant
faire sa moisson. Il embrassa son enfant dans son
berceau d'osier, il prit tendrement sa jeune femme
dans ses bras et, toute la nuit, elle l'entendit pleurer
contre son cœur. Mais la discrète jeune femme ne
lui demanda pas la cause de ce grand chagrin, car
elle ne voulait pas l'obliger à des confidences, et elle
n'avait pas besoin de savoir quelles étaient ses peines
pour essayer de les consoler.

« Le lendemain, les trois frères prirent leurs
pioches et leurs marteaux et partirent dans la direc-
tion de la tour. La femme du second frère prépara
son panier de linge et alla s'agenouiller devant la
femme du frère aîné :

« — Sœur, dit-elle, chère sœur, c'est mon jour
d'apporter à manger aux hommes, mais mon mari
m'a ordonné sous peine de mort de laver ses che-
mises de toile blanche, et ma corbeille en est toute
pleine.

« — Sœur, chère sœur, dit la femme du frère aîné, j'irais de grand cœur porter à manger à nos hommes, mais un démon s'est glissé cette nuit à l'intérieur d'une de mes dents... Hou, hou, hou, je ne suis bonne qu'à crier de douleur...

« Et elle frappa dans ses mains sans cérémonie pour appeler la femme du cadet :

« — Femme de notre frère cadet, dit-elle, chère petite femme du puîné, va-t'en à notre place porter à manger à nos hommes, car la route est longue, nos pieds sont las, et nous sommes moins jeunes et moins légères que toi. Va, chère petite, et nous remplirons ton panier de bonnes choses pour que nos hommes t'accueillent avec un sourire, messagère qui leur ôteras leur faim.

« Et le panier fut rempli de poissons du lac confits dans le miel et les raisins de Corinthe, de riz enveloppé dans des feuilles de vigne, de fromage de brebis et de gâteaux aux amandes salées. La jeune femme remit tendrement son enfant entre les bras de ses deux belles-sœurs et s'en alla le long de la route, seule, avec son fardeau sur la tête, et son destin autour du cou comme une médaille bénite, invisible à tous, sur laquelle Dieu lui-même aurait inscrit à quel genre de mort elle était destinée, et à quelle place dans son ciel.

« Quand les trois hommes l'aperçurent de loin, petite figure encore indistincte, ils coururent à elle, les deux premiers inquiets du bon succès de leur stratagème, et le plus jeune priant Dieu. L'aîné ravala un blasphème en découvrant que ce n'était pas sa noiraude, et le second frère remercia le Seigneur à haute voix d'avoir épargné sa lavandière. Mais le cadet s'agenouilla, entourant de ses bras les hanches de la jeune femme, et en gémissant lui demanda pardon. Ensuite, il se traîna aux pieds de ses frères et les supplia d'avoir pitié. Enfin, il se releva et fit briller au soleil l'acier de son couteau. Un coup de marteau sur la nuque le jeta tout pantelant sur le bord du chemin. La jeune femme épouvantée avait laissé choir son panier, et les victuailles dispersées allèrent réjouir les chiens du troupeau. Quand elle comprit de quoi il s'agissait, elle tendit les mains vers le ciel :

« — Frères à qui je n'ai jamais manqué, frères par l'anneau de noces et la bénédiction du prêtre, ne me faites pas mourir, mais prévenez plutôt mon père qui est chef de clan dans la montagne, et il vous procurera mille servantes que vous pourrez sacrifier. Ne me tuez pas : j'aime tant la vie. Ne mettez pas entre mon bien-aimé et moi l'épaisseur de la pierre.

« Mais brusquement elle se tut, car elle s'aperçut que son jeune mari étendu sur le bord de la route ne remuait pas les paupières, et que ses cheveux noirs étaient salis de cervelle et de sang. Alors, elle se laissa sans cris et sans larmes conduire par les deux frères jusqu'à la niche creusée dans la muraille ronde de la tour : puisqu'elle allait mourir elle-même, elle pouvait s'épargner de pleurer. Mais au moment où l'on posait la première brique devant ses pieds chaussés de sandales rouges, elle se souvint de son enfant qui avait l'habitude de mordiller ses souliers comme un jeune chien folâtre. Des larmes chaudes roulèrent le long de ses joues et vinrent se mêler au ciment que la truelle égalisait sur la pierre :

« — Hélas ! mes petits pieds, dit-elle. Vous ne me porterez plus jusqu'au sommet de la colline, afin de présenter plus tôt mon corps au regard de mon bien-aimé. Vous ne connaîtrez plus la fraîcheur de l'eau courante : seuls, les anges vous laveront, le matin de la Résurrection.

« L'assemblage de briques et de pierres s'éleva jusqu'à ses genoux couverts d'un jupon doré. Toute droite au fond de sa niche, elle avait l'air d'une Marie debout derrière son autel.

« — Adieu, mes chers genoux, dit la jeune femme. Vous ne bercerez plus mon enfant ; assise sous le bel arbre du verger qui donne à la fois l'aliment et l'ombrage, je ne vous remplirai plus de fruits bons à manger.

« Le mur s'éleva un peu plus haut, et la jeune femme continua :

« — Adieu, mes chères petites mains, qui pendez le long de mon corps, mains qui ne cuirez plus le repas, mains qui ne tordrez plus la laine, mains qui ne vous nouerez plus autour du bien-aimé. Adieu mes hanches, et toi, mon ventre, qui ne connaîtrez plus l'enfantement ni l'amour. Petits enfants que j'aurais pu mettre au monde, petits frères que je n'ai pas eu le temps de donner à mon fils unique, vous me tiendrez compagnie dans cette prison qui me sert de tombe, et où je resterai debout, sans sommeil, jusqu'au jour du Jugement dernier.

« Le mur de pierres atteignait déjà la poitrine. Alors, un frisson parcourut le haut du corps de la jeune femme, et ses yeux suppliants eurent un regard équivalant au geste de deux mains tendues.

« — Beaux-frères, dit-elle, par égard, non pour moi, mais pour votre frère mort, songez à mon enfant et ne le laissez pas mourir de faim. Ne murez pas ma poitrine, mes frères, mais que mes deux seins restent accessibles sous ma chemise brodée, et que tous les jours on m'apporte mon enfant, à l'aube, à midi et au crépuscule. Tant qu'il me restera quelques gouttes de vie, elles descendront jusqu'au bout de mes deux seins pour nourrir l'enfant que j'ai mis au monde, et le jour où je n'aurai plus de lait, il boira mon âme. Consentez, méchants frères, et si vous faites ainsi, mon cher mari et moi nous ne vous adresserons pas de reproches, le jour où nous vous rencontrerons chez Dieu.

« Les frères intimidés consentirent à satisfaire ce dernier vœu et ménagèrent un intervalle de deux briques à la hauteur des seins. Alors, la jeune femme murmura :

« — Frères chéris, placez vos briques devant ma bouche, car les baisers des morts font peur aux vivants, mais laissez une fente devant mes yeux, afin que je puisse voir si mon lait profite à mon enfant.

« Ils firent comme elle l'avait dit, et une fente horizontale fut ménagée à la hauteur des yeux. Au crépuscule, à l'heure où sa mère avait coutume de l'allaiter, on apporta l'enfant le long de la route poussiéreuse, bordée d'arbustes bas broutés par les chèvres, et la suppliciée salua l'arrivée du nourrisson par des cris de joie et des bénédictions adressées aux deux frères. Des flots de lait coulèrent de ses seins durs et tièdes, et quand l'enfant fait de la même substance que son cœur se fut endormi contre sa poitrine, elle chanta d'une voix qu'amortissait l'épaisseur du mur de briques. Dès que son nourrisson se fut détaché du sein, elle ordonna qu'on le ramenât au campement pour dormir, mais toute la nuit la tendre mélopée s'éleva sous les étoiles, et cette berceuse chantée à distance suffisait à l'empêcher de pleurer. Le lendemain, elle ne chantait plus, et ce fut d'une voix faible qu'elle demanda comment Vania avait passé la nuit. Le jour qui suivit, elle se tut, mais elle respirait encore, car ses seins habités par son haleine montaient et redescendaient imperceptiblement dans leur cage. Quelques jours plus tard, son souffle alla rejoindre sa voix, mais ses seins immobiles n'avaient rien perdu de leur douce abondance de sources, et l'enfant endormi au creux de sa poitrine entendait encore son cœur. Puis, ce cœur si bien accordé à la vie espaça ses battements. Ses yeux languissants s'éteignirent comme le reflet des étoiles dans une citerne sans eau, et l'on ne vit plus à travers la fente que deux prunelles vitreuses qui ne regardaient plus le ciel. Ces prunelles à leur tour se liquéfièrent et laissèrent place à deux orbites creuses au fond desquelles on apercevait la Mort, mais la jeune poitrine demeurait intacte et, pendant deux ans, à l'aurore, à midi et au crépuscule, le jaillissement miraculeux continua, jusqu'à ce que l'enfant sevré se détournât de lui-même du sein.

« Alors seulement, la gorge épuisée s'effrita et il n'y eut plus sur le rebord de briques qu'une pincée de cendres blanches. Pendant quelques siècles, les mères attendries vinrent suivre du doigt le long de la brique roussie les rigoles tracées par le lait merveilleux, puis la tour elle-même disparut, et le poids des voûtes cessa de s'appesantir sur ce léger squelette de femme. Enfin, les os fragiles eux-mêmes se dispersèrent, et il ne reste plus ici qu'un vieux Français grillé par cette chaleur d'enfer, qui rabâche au premier venu cette histoire digne d'inspirer aux poètes autant de larmes que celle d'Andromaque.

À ce moment, une gitane couverte d'une crasse effroyable et dorée s'approcha de la table où s'accoudaient les deux hommes. Elle tenait entre ses bras un enfant, dont les yeux malades disparaissaient sous un bandage de loques. Elle se courba en deux, avec l'insolente servilité qui n'appartient qu'aux races misérables et royales, et ses jupons jaunes balayèrent la terre. L'ingénieur l'écarta rudement, sans se soucier de sa voix qui montait du ton de la prière à celui de la malédiction. L'Anglais la rappela pour lui faire l'aumône d'un dinar.

— Qu'est-ce qui vous prend, vieux rêveur ? dit-il avec impatience. Ses seins et ses colliers valent bien ceux de votre héroïne albanaise. Et l'enfant qui l'accompagne est aveugle.

— Je connais cette femme, répondit Jules Boutrin. Un médecin de Raguse m'a raconté son histoire. Voici des mois qu'elle applique sur les yeux de son enfant de dégoûtants emplâtres qui lui enflamment la vue et apitoient les passants. Il y voit encore, mais il sera bientôt ce qu'elle souhaite qu'il soit : un aveugle. Cette femme aura alors son gagne-pain assuré, et pour toute la vie, car le soin d'un infirme est une profession lucrative. Il y a mères et mères.

Le dernier amour
du prince Genghi

Lorsque Genghi le Resplendissant, le plus grand séducteur qui ait jamais étonné l'Asie, eut atteint sa cinquantième année, il s'aperçut qu'il fallait commencer à mourir. Sa seconde femme, Mourasaki, la princesse Violette, qu'il avait tant aimée à travers tant d'infidélités contradictoires, l'avait précédé dans un de ces paradis où vont les morts qui ont acquis quelque mérite au cours de cette vie changeante et difficile, et Genghi se tourmentait de ne pouvoir se rappeler exactement son sourire, ou encore la grimace qu'elle faisait avant de pleurer. Sa troisième épouse, la Princesse-du-Palais-de-l'Ouest, l'avait trompé avec un jeune parent, comme il avait trompé son père aux jours de sa jeunesse avec une impératrice adolescente. La même pièce recommençait sur le théâtre du monde, mais il savait cette fois que ne lui serait plus réservé que le rôle de vieillard, et à ce personnage il préférait celui de fantôme. C'est pourquoi il distribua ses biens, pensionna ses serviteurs et s'apprêta à aller finir ses jours dans un ermitage qu'il avait pris soin de faire construire au flanc de la montagne. Il traversa une dernière fois la ville, suivi seulement de deux ou trois compagnons dévoués qui ne se résignaient pas à prendre congé en lui de leur propre jeunesse. Malgré l'heure matinale, des femmes pressaient leur visage contre les fines lattes des persiennes. Elles chuchotaient à haute voix que Genghi était encore très beau, ce qui prouva une fois de plus au prince qu'il était grand temps de partir.

On mit trois jours à atteindre l'ermitage situé en pleine sauvagerie champêtre. La maisonnette s'élevait au pied d'un érable centenaire ; comme c'était l'automne, les feuilles de ce bel arbre recouvraient son toit de chaume d'une toiture d'or. La vie dans cette solitude s'avéra plus simple et plus rude encore qu'elle ne l'avait été au cours du long exil à l'étranger subi par Genghi durant sa jeunesse orageuse, et cet homme raffiné put enfin goûter tout son saoul au luxe suprême qui consiste à se passer de tout. Bientôt, les premiers froids s'annoncèrent ; les flancs de la montagne se recouvrirent de neige comme des amples plis de ces vêtements ouatés qu'on porte en hiver, et le brouillard étouffa le soleil. De l'aube au crépuscule, à la maigre lueur d'un brasero avare, Genghi lisait les Écritures et trouvait à ces versets austères une saveur qui manquait désormais pour lui aux plus pathétiques vers d'amour. Mais il s'aperçut bientôt que sa vue faiblissait, comme si toutes les larmes qu'il avait versées sur ses fragiles amantes lui avaient brûlé les yeux, et il lui fallut se rendre compte que les ténèbres pour lui commenceraient avant la mort. De temps à autre, un courrier transi arrivait de la capitale, clopinant sur ses pieds gonflés de fatigue et d'engelures, et lui présentait respectueusement des messages de parents ou d'amis qui désiraient lui rendre encore une fois visite dans ce monde, avant les rencontres infinies et incertaines de l'autre vie. Mais Genghi craignait de ne plus inspirer à ses hôtes que de la pitié ou du respect, deux sentiments dont il avait horreur, et auxquels il préférait l'oubli. Il secouait tristement la tête, et ce prince renommé jadis pour son talent de poète et de calligraphe renvoyait le messager chargé d'une feuille blanche. Peu à peu, les communications avec la capitale se ralentirent ; le cycle des fêtes saisonnières continuait à tourner loin du prince qui jadis les dirigeait d'un coup d'éventail, et Genghi, abandonné sans vergogne aux tristesses de la solitude, aggravait sans cesse son mal d'yeux, car il n'avait plus honte de pleurer.

Deux ou trois d'entre ses anciennes maîtresses lui avaient proposé de venir partager son isolement plein de souvenirs. Les lettres les plus tendres émanaient de la Dame-du-village-des-fleurs-qui-tombent : c'était une ancienne concubine de moyenne naissance et de médiocre beauté ; elle avait fidèlement servi de dame d'honneur aux autres épouses de Genghi, et, pendant dix-huit ans, elle avait aimé le prince sans jamais se lasser de souffrir. Il lui rendait de temps à autre des visites nocturnes, et ces rencontres, bien que rares comme des étoiles dans une nuit pluvieuse, avaient suffi à éclairer la pauvre vie de la Dame-du-village-des-fleurs-qui-tombent. Ne se faisant d'illusions ni sur sa beauté, ni sur son esprit, ni sur sa naissance, la Dame, seule parmi tant de maîtresses, gardait à Genghi une douce reconnaissance, car elle ne trouvait pas tout naturel qu'il l'eût aimée.

Comme ses lettres restaient sans réponse, elle loua un modeste équipage et se fit conduire à la cabane du prince solitaire. Elle poussa timidement la porte faite d'un treillis de branchages ; elle s'agenouilla, avec un humble petit rire, pour s'excuser d'être là. C'était l'époque où Genghi reconnaissait encore le visage de ses visiteurs, quand ils s'approchaient de très près. Une rage amère le saisit devant cette femme qui réveillait en lui les plus poignants souvenirs des jours morts, moins par l'effet de sa propre présence que parce que ses manches restaient encore imprégnées du parfum dont se servaient ses femmes défuntes. Elle le suppliait tristement de la garder au moins comme servante. Impitoyable pour la première fois, il la chassa, mais elle avait conservé des amis parmi les quelques vieillards qui assuraient le service du prince, et ceux-ci parfois lui faisaient tenir des nouvelles. Cruelle à son tour pour la première fois de sa vie, elle surveillait de loin les progrès de la cécité de Genghi, comme une femme impatiente de rejoindre son amant attend la complète tombée du soir.

Lorsqu'elle le sut presque complètement aveugle, elle dépouilla ses vêtements de ville et endossa une robe courte et grossière comme en portent les jeunes paysannes; elle natta ses cheveux à la façon des filles des champs; et elle se chargea d'un ballot d'étoffes et de poteries comme on en vend aux foires de village. Ainsi affublée, elle se fit conduire à l'endroit où l'exilé volontaire habitait en compagnie des chevreuils et des paons de la forêt; elle fit à pied la dernière partie du trajet, afin que la boue et la fatigue l'aidassent à jouer son rôle. Les pluies tendres du printemps tombaient du ciel sur la terre molle, noyant les dernières lueurs du crépuscule: c'était l'heure où Genghi, enveloppé de sa stricte robe de moine, se promenait lentement le long du sentier d'où ses vieux serviteurs avaient soigneusement écarté le moindre caillou, pour l'empêcher de buter. Son visage vacant, désaffecté, terni par la cécité et les approches de l'âge, ressemblait à un miroir plombé où s'était jadis reflété de la beauté, et la Dame-du-village-des-fleurs-qui-tombent n'eut pas besoin de feindre pour se mettre à pleurer.

Ce bruit de sanglots féminins fit tressaillir Genghi, qui s'orienta lentement du côté d'où venaient ces larmes.

— Qui es-tu, femme? dit-il avec inquiétude.

— Je suis Ukifune, la fille du fermier So-Hei, dit la Dame en n'oubliant pas d'adopter l'accent du village. Je suis allée à la ville avec ma mère, pour acheter des étoffes et des marmites, car on me marie à la prochaine lune. Et voici que je me suis égarée dans les sentiers de la montagne, et je pleure, car j'ai peur des sangliers, des démons, du désir des hommes, et des fantômes des morts.

— Tu es toute trempée, jeune fille, dit le prince en posant la main sur son épaule.

Elle était en effet mouillée jusqu'aux os. Le contact de cette main si connue la fit tressaillir de la pointe de ses cheveux à l'orteil de son pied nu, mais Genghi put croire qu'elle grelottait de froid.

— Viens dans ma cabane, reprit le prince d'une voix engageante. Tu pourras te réchauffer à mon feu, bien qu'il contienne moins de charbons que de cendres.

La Dame le suivit, en prenant soin d'imiter la démarche niaise d'une paysanne. Tous deux s'accroupirent devant le feu presque mort. Genghi tendait ses mains vers la chaleur, mais la Dame dissimulait ses doigts, trop délicats pour une fille des champs.

— Je suis aveugle, soupira Genghi au bout d'un instant. Tu peux sans scrupules ôter tes vêtements mouillés, jeune fille, et te chauffer nue devant mon feu.

La Dame ôta docilement sa robe de paysanne. Le feu rosissait son corps mince qui semblait taillé dans l'ambre le plus pâle. Soudain, Genghi murmura :

— Je t'ai trompée, jeune fille, car je ne suis pas encore complètement aveugle. Je te devine à travers un brouillard qui n'est peut-être que le halo de ta propre beauté. Laisse-moi poser la main sur ton bras, qui tremble encore.

C'est ainsi que la Dame-du-village-des-fleurs-qui-tombent redevint la maîtresse du prince Genghi, qu'elle avait humblement aimé pendant plus de dix-huit ans. Elle n'oublia pas d'imiter les larmes et les timidités d'une jeune fille à son premier amour. Son corps était resté étonnamment jeune, et la vue du prince était trop faible pour distinguer ses quelques cheveux gris.

Quand leurs caresses eurent pris fin, la Dame s'age-nouilla devant le prince et lui dit :

— Je t'ai trompé, Prince. Je suis bien Ukifune, la fille du fermier So-Hei, mais je ne me suis pas égarée dans la montagne ; la gloire du prince Genghi s'est répandue jusqu'au village, et je suis venue de mon plein gré, afin de découvrir l'amour dans tes bras.

Genghi se leva en chancelant, comme un pin qui vacille sous le choc de l'hiver et du vent. Il s'écria d'une voix sifflante :

— Malheur à toi, qui viens de me rappeler le sou-venir de mon pire ennemi, le beau prince aux yeux vifs dont l'image me tient éveillé toutes les nuits... Va-t'en...

Et la Dame-du-village-des-fleurs-qui-tombent s'éloi-gna, regrettant l'erreur qu'elle venait de commettre.

Pendant les semaines qui suivirent, Genghi resta seul. Il souffrait. Il s'apercevait avec découragement qu'il était encore engagé dans les leurres de ce monde, et fort peu préparé aux dépouillements et aux renouvellements de l'autre vie. La visite de la fille du fermier So-Hei avait réveillé en lui le goût

des créatures aux poignets étroits, aux longues poi-
trines coniques, au rire pathétique et docile. Depuis
qu'il devenait aveugle, le sens du toucher demeurait
son seul moyen de contact avec la beauté du monde,
et les paysages où il était venu se réfugier ne lui dis-
pensaient plus de consolations, car le bruit d'un ruis-
seau est plus monotone que la voix d'une femme, et
les courbes des collines ou les mèches des nuages
sont faites pour ceux qui voient, et planent trop loin
de nous pour se laisser caresser.

Deux mois plus tard la Dame-du-village-des-fleurs-
qui-tombent fit une seconde tentative. Cette fois, elle
s'habilla et se parfuma avec soin, mais elle prit garde
que la coupe des étoffes eût quelque chose d'étriqué
et de timide dans son élégance même, et que le parfum discret, mais banal, suggérât le manque d'imagination d'une jeune femme sortie d'un clan honorable
de la province, et qui n'a jamais vu la cour.

Pour cette occasion, elle loua des porteurs et une
chaise imposante, mais à laquelle manquaient les derniers perfectionnements de la ville. Elle s'arrangea
pour n'arriver aux environs de la cabane de Genghi
qu'à la nuit close. L'été l'avait devancée dans la montagne. Genghi, assis au pied de l'érable, écoutait les
grillons chanter. Elle s'approcha de lui en dissimu-
lant à demi son visage derrière un éventail et murmura avec confusion :

— Je suis Chujo, la femme de Sukazu, un noble de
septième rang de la province de Yamato. Je suis partie

en pèlerinage au temple d'Isé, mais un de mes porteurs vient de se fouler le pied, et je ne puis continuer ma route avant l'aurore. Indique-moi une cabane où je puisse loger sans crainte de calomnies et faire reposer mes serviteurs.

— Où une jeune femme est-elle plus à l'abri des calomnies que dans la maison d'un vieillard aveugle ? dit amèrement le prince. Ma cabane est trop petite pour tes serviteurs qui s'installeront sous cet arbre, mais je te céderai l'unique matelas de mon ermitage.

Il se leva en tâtonnant pour lui montrer le chemin. Pas une fois il n'avait levé les yeux vers elle, et à ce signe elle reconnut qu'il était complètement aveugle.

Quand elle se fut étendue sur le matelas de feuilles sèches, Genghi vint reprendre son poste mélancolique sur le seuil de la cabane. Il était triste et ne savait même pas si cette jeune femme était belle.

La nuit était chaude et claire. La lune mettait une lueur sur le visage levé de l'aveugle, qui semblait sculpté dans du jade blanc. Au bout d'un long moment, la Dame quitta sa couche forestière et vint à son tour s'asseoir sur le seuil. Elle dit avec un soupir :

— La nuit est belle, et je n'ai pas sommeil. Permets-moi de chanter une des chansons dont mon cœur est plein.

Et, sans attendre la réponse, elle chanta une romance que le prince chérissait pour l'avoir entendue bien des fois jadis sur les lèvres de sa femme préférée, la princesse Violette. Genghi, troublé, se rapprocha insensiblement de l'inconnue :

— D'où viens-tu, jeune femme qui sais des chansons qu'on aimait dans ma jeunesse ? Harpe où se jouent des airs d'autrefois, laisse-moi passer la main sur tes cordes.

Et il lui caressa les cheveux. Après un instant, il demanda :

— Hélas, ton mari n'est-il pas plus beau et plus jeune que moi, jeune femme du pays de Yamato ?

— Mon mari est moins beau et paraît moins jeune, répondit simplement la Dame-du-village-des-fleurs-qui-tombent.

Ainsi, la Dame devint sous un nouveau déguisement la maîtresse du prince Genghi, auquel elle avait appartenu autrefois. Au matin, elle l'aida à préparer une bouillie chaude, et le prince Genghi lui dit :

— Tu es habile et tendre, jeune femme, et je ne crois pas que même le prince Genghi, qui fut si heureux en amour, ait eu une maîtresse plus douce que toi.

— Je n'ai jamais entendu parler du prince Genghi, dit la Dame en secouant la tête.

— Quoi ? s'écria amèrement Genghi. A-t-il été si vite oublié ?

Et toute la journée, il resta sombre. La Dame comprit alors qu'elle venait de se tromper pour la seconde fois, mais Genghi ne parlait pas de la renvoyer, et il semblait heureux d'écouter le frôlement de sa robe de soie dans l'herbe.

L'automne arriva, changeant les arbres de la montagne en autant de fées vêtues de pourpre et d'or, mais destinées à mourir aux premiers froids. La Dame décrivait à Genghi ces bruns gris, ces bruns dorés, ces bruns mauves, en ayant soin de n'y faire allusion que par hasard, et chaque fois elle évitait de paraître trop ostensiblement lui porter secours. Elle ravissait continuellement Genghi par l'invention d'ingénieux colliers de fleurs, de plats raffinés à force de simplicité, de paroles nouvelles adaptées à de vieux airs touchants et blessés. Elle avait déjà déployé les mêmes charmes dans son pavillon de cinquième concubine où Genghi la visitait autrefois, mais, distrait par d'autres amours, il ne s'en était pas aperçu.

À la fin de l'automne, les fièvres montèrent des marécages. Les insectes pullulaient dans l'air infecté, et chaque respiration était comme une gorgée d'eau bue à une source empoisonnée. Genghi tomba malade et se coucha sur son lit de feuilles mortes en comprenant qu'il ne se relèverait plus. Il avait honte devant la Dame de sa faiblesse et des soins humiliants auxquels l'obligeait la maladie, mais cet homme qui toute sa vie avait cherché dans chaque expérience ce qu'elle avait à la fois de plus unique et de plus déchirant ne pouvait que goûter ce que cette intimité nouvelle et misérable ajoutait entre deux êtres aux étroites douceurs de l'amour.

Un matin où la Dame lui massait les jambes,

Genghi se souleva sur le coude et, cherchant à tâtons les mains de la Dame, il murmura :

— Jeune femme qui soignes celui qui va mourir, je t'ai trompée. Je suis le prince Genghi.

— Lorsque je suis venue vers toi, je n'étais qu'une provinciale ignorante, dit la Dame, et je ne savais pas qui était le prince Genghi. Je sais maintenant qu'il a été le plus beau et le plus désiré d'entre les hommes, mais tu n'as pas besoin d'être le prince Genghi pour être aimé.

Genghi la remercia d'un sourire. Depuis que ses yeux se taisaient, on eût dit que son regard bougeait sur ses lèvres.

— Je vais mourir, fit-il péniblement. Je ne me plains pas d'un sort que je partage avec les fleurs, avec les insectes, avec les astres. Dans un univers où tout passe comme un songe, on s'en voudrait de durer toujours. Je ne me plains pas que les choses, les êtres, les cœurs soient périssables, puisqu'une part de leur beauté est faite de ce malheur. Ce qui m'afflige, c'est qu'ils soient uniques. Jadis, la certitude d'obtenir à chaque instant de ma vie une révélation qui ne se renouvellerait plus composait le plus clair de mes secrets plaisirs : maintenant, je meurs honteux comme un privilégié qui aurait assisté seul à une fête sublime qu'on ne donnera qu'une fois. Chers objets, vous n'avez plus pour témoin qu'un aveugle qui meurt… D'autres femmes fleuriront, aussi souriantes que celles que j'ai aimées, mais leur sourire sera différent, et le grain de beauté qui me passionnait se sera déplacé sur leur joue d'ambre de l'épaisseur d'un atome. D'autres cœurs se briseront sous le poids d'un insupportable amour, mais leurs larmes ne seront pas nos larmes. Des mains moites de désir continueront de se joindre sous les amandiers en fleur, mais la même pluie de pétales ne s'effeuille jamais deux fois sur le même bonheur humain. Ah, je me sens pareil à un homme emporté par une inondation, qui voudrait au moins trouver un coin de terre laissé à sec pour y déposer quelques lettres jaunies et quelques éventails aux nuances fanées… Que deviendras-tu, quand je ne serai plus là pour m'attendrir sur toi, Souvenir de la Princesse Bleue, ma première femme, à l'amour de qui je n'ai cru que le lendemain de sa mort ? Et toi, Souvenir désolé de la Dame-du-Pavillon-des-Volubilis, qui mourut dans mes bras parce qu'une rivale jalouse avait tenu à être seule à m'aimer ? Et vous, Souvenirs insidieux de ma trop belle marâtre et de ma trop jeune épouse, qui se chargèrent de m'apprendre tour à tour ce qu'on souffre à être le complice ou la victime d'une infidélité ? Et toi, Souvenir subtil de la Dame Cigale-du-Jardin, qui se déroba par pudeur, de sorte que je dus me consoler auprès de son jeune frère, dont le visage enfantin reflétait quelques traits de ce timide sourire de femme ? Et toi, cher Souvenir de la Dame-de-la-Longue-Nuit, qui fut si douce, et qui consentit à n'être que la troisième dans ma maison et dans mon cœur ? Et toi, pauvre petit Souvenir pastoral de la fille du fermier So-Hei, qui n'aimait en moi que mon passé ? Et toi surtout, toi, Souvenir délicieux de la petite Chujo qui me masse en ce moment les pieds, et qui n'aura pas le temps d'être un souvenir ? Chujo, que j'aurais voulu rencontrer plus tôt dans ma vie, mais il est juste aussi qu'un fruit soit réservé pour l'arrière-automne…

Grisé de tristesse, il laissa retomber sa tête sur son dur oreiller. La Dame-du-village-des-fleurs-qui-tombent se pencha sur lui et murmura toute tremblante :

— N'y avait-il pas dans ton palais une autre femme, dont tu n'as pas prononcé le nom ? N'était-elle pas douce ? Ne s'appelait-elle pas la Dame-du-village-des-fleurs-qui-tombent ? Ah, souviens-toi…

Mais déjà les traits du prince Genghi avaient acquis cette sérénité qui n'est réservée qu'aux morts. La fin de toute douleur avait effacé de son visage toute trace de satiété ou d'amertume et semblait lui avoir persuadé à lui-même qu'il avait encore dix-huit ans. La Dame-du-village-des-fleurs-qui-tombent se jeta sur le sol en hurlant au mépris de toute retenue ; ses larmes salées dévastaient ses joues comme une pluie d'orage, et ses cheveux arrachés par poignées s'envolaient comme de la bourre de soie. Le seul nom que Genghi avait oublié, c'était précisément le sien.

L'homme qui a aimé
les Néréides

Il était debout, pieds nus, dans la poussière, la chaleur et les relents du port, sous la maigre tente d'un petit café où quelques clients s'étaient affalés sur des chaises, dans le vain espoir de se protéger du soleil. Son vieux pantalon roux descendait à peine jusqu'aux chevilles, et l'osselet pointu, l'arête du talon, les longues plantes calleuses et tout excoriées, les doigts souples et tactiles appartenaient à cette race de pieds intelligents, accoutumés à tous les contacts de l'air et du sol, endurcis aux aspérités des pierres, qui gardent encore en pays méditerranéen à l'homme habillé un peu de la libre aisance de l'homme nu. Pieds agiles, si différents des supports gauches et lourds enfermés dans les souliers du Nord... Le bleu délavé de sa chemise s'harmonisait avec les tons du ciel déteint par la lumière de l'été ; ses épaules et ses omoplates perçaient par les déchirures de l'étoffe comme de maigres rochers ; ses oreilles un peu allongées encadraient obliquement son crâne à la façon des anses d'une amphore ; d'incontestables traces de beauté se voyaient encore sur son visage hâve et vacant, comme l'affleurement sous un terrain ingrat d'une statue antique brisée. Ses yeux de bête malade se dissimulaient sans méfiance derrière des cils aussi longs que ceux qui ourlent la paupière des mules ; il tenait la main droite continuellement tendue, avec le geste obstiné et importun des idoles archaïques qui semblent réclamer des visiteurs de musées l'aumône de l'admiration, et des bêlements inarticulés sortaient de sa bouche grande ouverte sur des dents éclatantes.

— Il est sourd-muet ?

— Il n'est pas sourd.

Jean Démétriadis, le propriétaire des grandes savonneries de l'île, profita d'un moment d'inattention où le regard vague de l'idiot se perdait du côté de la mer, pour laisser tomber une drachme sur la dalle lisse. Le léger tintement à demi étouffé par une fine couche de sable ne fut pas perdu pour le mendiant, qui ramassa goulûment la petite pièce de métal blanc et reprit aussitôt sa station contemplative et gémissante, comme une mouette au bord d'un quai.

— Il n'est pas sourd, répéta Jean Démétriadis en reposant devant lui sa tasse à demi pleine d'une onctueuse lie noire. La parole et l'esprit lui ont été retirés dans de telles conditions qu'il m'arrive de l'envier, moi l'homme raisonnable, l'homme riche, qui ne trouve si souvent que l'ennui et le vide sur ma route. Ce Panégyotis (il s'appelle ainsi) est devenu muet à dix-huit ans pour avoir rencontré les Néréides nues.

Un sourire timide se dessina sur les lèvres de

Panégyotis, qui avait entendu prononcer son nom. Il ne semblait pas comprendre le sens des paroles de cet homme important en qui il reconnaissait vaguement un protecteur, mais le ton, et non les mots eux-mêmes, l'atteignait. Content de savoir qu'il s'agissait de lui et qu'il convenait peut-être d'espérer une nouvelle aumône, il avança imperceptiblement la main, avec le mouvement craintif du chien qui effleure de sa patte le genou de son maître, pour qu'on n'oublie pas de lui donner à manger.

— C'est le fils de l'un des paysans les plus aisés de mon village, reprit Jean Démétriadis, et, par exception chez nous, ces gens-là sont vraiment riches. Ses parents ont des champs à ne savoir qu'en faire, une bonne maison en pierre de taille, un verger avec plusieurs espèces de fruits, et dans le jardin des légumes, un réveille-matin dans la cuisine, une lampe allumée devant le mur des icônes, enfin tout ce qu'il faut. On pouvait dire de Panégyotis ce qu'on peut rarement dire d'un jeune Grec, qu'il avait devant lui son pain cuit, et pour toute la vie. On pouvait dire aussi qu'il avait devant lui sa route toute tracée, une route grecque, poussiéreuse, caillouteuse et monotone, mais avec çà et là des grillons qui chantent et des haltes pas trop désagréables aux portes des tavernes. Il aidait les vieilles femmes à gauler les olives ; il surveillait l'emballage des caisses de raisins et la pesée des ballots de laine ; dans les discussions avec les acheteurs de tabacs, il soutenait discrètement son père en crachant de dégoût à toute proposition qui ne dépassait pas le prix souhaité ; il était fiancé à la fille du vétérinaire, une gentille petite qui travaillait dans ma fabrique ; comme il était très beau, on lui prêtait autant de maîtresses qu'il y a dans le pays de filles qui aiment l'amour ; on a prétendu qu'il couchait avec la femme du prêtre ; si cela est, le prêtre ne lui en voulait pas, car il aimait peu les femmes et se désintéressait de la sienne, qui d'ailleurs s'offre à n'importe qui. Imaginez l'humble bonheur d'un Panégyotis ; l'amour des belles, l'envie des hommes et quelquefois leur désir, une montre en argent, tous les deux ou trois jours une chemise merveilleusement blanche repassée par sa mère, le pilaf à midi et l'ouzo glauque et parfumé avant le repas du soir. Mais le bonheur est fragile, et quand les hommes ou les circonstances ne le détruisent pas, il est menacé par les fantômes. Vous ne savez peut-être pas que notre île est peuplée de présences mystérieuses. Nos fantômes ne ressemblent pas à vos spectres du Nord, qui ne sortent qu'à minuit et logent le jour dans les cimetières. Ils négligent de se recouvrir de draps blancs, et leur squelette est recouvert de chair. Mais ils sont peut-être plus dangereux que les âmes des morts qui du moins ont été baptisés, ont connu la vie, ont su ce que c'était que de souffrir. Ces Néréides de nos campagnes sont innocentes et mauvaises comme la nature qui tantôt protège et tantôt détruit l'homme. Les dieux et les déesses antiques sont bien morts, et les musées ne contiennent que leurs cadavres de marbre. Nos nymphes ressemblent plus à vos fées qu'à l'image que vous vous en faites d'après Praxitèle. Mais notre peuple croit à leurs pouvoirs ; elles existent comme la terre, l'eau et le dangereux soleil. En elles, la lumière de l'été se fait chair, et c'est pourquoi leur vue dispense le vertige et la stupeur. Elles ne sortent qu'à l'heure tragique de midi ; elles sont comme immergées dans le mystère du plein jour. Si les paysans barricadent les portes de leurs maisons avant de s'allonger pour la sieste, ce n'est pas contre le soleil, c'est contre elles ; ces fées vraiment fatales sont belles, nues, rafraîchissantes et néfastes comme l'eau où l'on boit les germes de la fièvre ; ceux qui les ont vues se consument doucement de langueur et de désir ; ceux qui ont eu la hardiesse de les approcher deviennent muets pour la vie, car il ne faut pas que soient révélés au vulgaire les secrets de leur amour. Or, un matin de juillet, deux des moutons du père de Panégyotis se mirent à tourner. L'épidémie se propagea rapidement aux plus belles têtes du troupeau, et le carré de terre battue devant la maison se transforma rapidement en cour d'asile pour bétail aliéné. Panégyotis partit seul, en pleine chaleur, en plein soleil, à la recherche du vétérinaire qui demeure sur l'autre versant du mont Saint-Élie, dans un petit village blotti au bord de la mer. Au crépuscule, il n'était pas encore de retour. L'inquiétude du père de Panégyotis se déplaça de ses moutons sur son fils ; on fouilla en vain la campagne et les vallées du voisinage ; toute la nuit, les femmes de la famille prièrent dans la chapelle du village qui n'est qu'une grange éclairée par deux

douzaines de cierges, et où il semble à chaque instant
que Marie aille entrer pour mettre au monde Jésus.
Le lendemain soir, à l'heure de répit où les hommes
s'attablent sur la place du village devant une minus-
cule tasse de café, un verre d'eau, ou une cuillerée de
confiture, on vit revenir un Panégyotis nouveau, aussi
transformé que s'il avait passé par la mort. Ses yeux
étincelaient, mais il semblait que le blanc de l'œil et
la pupille eussent dévoré l'iris ; deux mois de malaria
ne l'eussent pas jauni davantage ; un sourire un peu
écœurant déformait ses lèvres dont les paroles ne sortaient plus. Il n'était cependant pas encore complètement muet. Des syllabes saccadées s'échappaient de
sa bouche comme les derniers gargouillements d'une
source qui meurt :

« — Les Néréides... Les dames... Néréides...
Belles... Nues... C'est épatant... Blondes... Cheveux
tout blonds...

« Ce furent les seuls mots qu'on put tirer de lui.
Plusieurs fois, dans les jours qui suivirent, on l'entendit encore se répéter doucement à lui-même : "Cheveux blonds... Blonds", comme s'il caressait de la
soie. Puis ce fut tout. Ses yeux cessèrent de briller ;
mais son regard devenu vague et fixe a acquis des
propriétés singulières : il contemple le soleil sans cil-
ler ; peut-être trouve-t-il du plaisir à considérer cet
objet d'une blondeur éblouissante. J'étais au village
pendant les premières semaines de son délire : pas de
fièvre, aucun symptôme d'une insolation ou d'un
accès. Ses parents l'ont conduit pour le faire exorciser

dans un monastère célèbre du voisinage : il s'est laissé faire avec la douceur d'un mouton malade, mais ni les cérémonies de l'Église, ni les fumigations d'encens, ni les rites magiques des vieilles femmes du village n'ont pu chasser de son sang les folles nymphes couleur de soleil. Les premières journées de son nouvel état se passèrent en allées et venues incessantes : il retournait inlassablement à l'endroit où s'était passée l'apparition : il y a là une source où les pêcheurs viennent quelquefois se fournir d'eau douce, un vallon creux, un champ de figuiers d'où un sentier descend vers la mer. Les gens ont cru relever dans l'herbe maigre des traces légères de pieds féminins, des places foulées par le poids des corps. On imagine la scène : les trouées de soleil dans l'ombre des figuiers, qui n'est pas une ombre, mais une forme plus verte et plus douce de la lumière ; le jeune villageois alerté par des rires et des cris de femmes comme un chasseur par des bruits de coups d'ailes ; les divines jeunes filles levant leurs bras blancs où des poils blonds interceptent le soleil ; l'ombre d'une feuille se déplaçant sur un ventre nu ; un sein clair, dont la pointe se révèle rose et non pas violette ; les baisers de Panégyotis dévorant ces chevelures qui lui donnent l'impression de mâchonner du miel ; son désir se perdant entre ces jambes blondes. De même qu'il n'y a pas d'amour sans éblouissement du cœur, il n'y a guère de volupté véritable sans émerveillement de la beauté. Le reste n'est tout au plus que fonctionnement machinal, comme la soif et la faim.

Les Néréides ont ouvert au jeune insensé l'accès d'un monde féminin aussi différent des filles de l'île que celles-ci le sont des femelles du bétail ; elles lui ont apporté l'enivrement de l'inconnu, l'épuisement du miracle, les malignités étincelantes du bonheur. On prétend qu'il n'a jamais cessé de les rencontrer, aux heures chaudes où ces beaux démons de midi rôdent en quête d'amour ; il semble avoir oublié jusqu'au visage de sa fiancée, dont il se détourne comme d'une guenon dégoûtante ; il crache sur le passage de la femme du pope, qui a pleuré deux mois avant de se consoler. Les Nymphes l'ont abêti pour mieux le mêler à leurs jeux, comme une espèce de faune innocent. Il ne travaille plus ; il ne s'inquiète plus ni des mois ni des jours ; il s'est fait mendiant, de sorte qu'il mange presque toujours à sa faim. Il vagabonde dans le pays, évitant le plus possible les grandes routes ; il s'enfonce dans les champs et les bois de pins au creux des collines désertes ; et on dit qu'une fleur de jasmin posée sur un mur de pierres sèches, un caillou blanc au pied d'un cyprès sont autant de messages où il déchiffre l'heure et le lieu du prochain rendez-vous des fées. Les paysans prétendent qu'il ne vieillira pas : comme tous ceux qu'un mauvais sort a touchés, il se fanera sans qu'on sache s'il a dix-huit ou quarante ans. Mais ses genoux tremblent, son esprit s'en est allé pour ne plus revenir, et la parole ne renaîtra plus jamais sur ses lèvres : Homère déjà savait qu'ils voient se consumer leur intelligence et leur force, ceux qui couchent avec les déesses d'or. Mais j'envie

Panégyotis. Il est sorti du monde des faits pour entrer dans celui des illusions, et il m'arrive de penser que l'illusion est peut-être la forme que prennent aux yeux du vulgaire les plus secrètes réalités.

— Mais enfin, Jean, dit avec irritation Mme Démétriadis, vous ne pensez pas que Panégyotis ait réellement aperçu les Néréides ?

Jean Démétriadis ne répondit pas, tout occupé qu'il était de se soulever à demi sur sa chaise pour rendre leur salut hautain à trois étrangères qui passaient. Ces trois jeunes Américaines bien prises dans des vêtements de toile blanche marchaient d'un pas souple sur le quai inondé de soleil, suivies d'un vieux portefaix qui pliait sous le poids de provisions achetées au marché ; et, comme trois petites filles au sortir de l'école, elles se tenaient par la main. L'une d'entre elles allait nu-tête, des brins de myrte piqués dans sa chevelure rousse, mais la seconde portait un immense chapeau de paille mexicain, et la troisième était coiffée comme une paysanne d'un foulard de coton, et des lunettes de soleil aux verres noirs la protégeaient comme un masque. Ces trois jeunes femmes s'étaient établies dans l'île où elles avaient acheté une maison située loin des grandes routes : elles pêchaient la nuit au trident à bord de leur propre barque et chassaient la caille en automne ; elles ne frayaient avec personne et se servaient elles-mêmes, de peur d'introduire une ménagère dans l'intimité de leur existence, s'isolaient enfin farouchement pour éviter les médisances, leur préférant peut-être les calomnies. J'essayai vainement d'intercepter le regard que Panégyotis jetait sur ces trois déesses, mais ses yeux distraits restaient vagues et sans lueur : manifestement, il ne reconnaissait pas ses Néréides habillées en femmes. Soudain, il se pencha, d'un mouvement souple et comme animal, pour ramasser une nouvelle drachme tombée d'une de nos poches, et j'aperçus, pris dans les poils rudes de sa vareuse qu'il portait suspendue à une épaule, agrafée à ses bretelles, le seul objet qui pût fournir à ma conviction une preuve impondérable : le fil soyeux, le mince fil, le fil égaré d'un cheveu blond.

Notre-Dame-
des-Hirondelles

Le moine Thérapion avait été dans sa jeunesse le disciple le plus fidèle du grand Athanase; il était rude, austère, doux seulement envers les créatures en qui il ne soupçonnait pas la présence des démons. En Égypte, il avait ressuscité et évangélisé des momies; à Byzance, il avait confessé des empereurs; il était venu en Grèce sur la foi d'un songe, dans l'intention d'exorciser cette terre encore soumise aux sortilèges de Pan. Il s'enflammait de haine à la vue des arbres sacrés où les paysans atteints de la fièvre suspendent des chiffons chargés de trembler à leur place au moindre souffle du soir, les phallus érigés dans les champs pour obliger le sol à porter des récoltes et les dieux d'argile nichés au creux des murs et dans la conque des sources. Il s'était bâti de ses propres mains une étroite cabane sur les berges du Céphise, en ayant soin de n'employer que des matériaux bénits. Les paysans partageaient avec lui leurs maigres aliments, mais, bien que ces gens fussent hâves, blêmes et découragés par les famines et les guerres qui avaient fondu sur eux, Thérapion ne parvenait pas à les tourner du côté du ciel. Ils adoraient Jésus, le fils de Marie, vêtu d'or comme un soleil levant, mais leur cœur obstiné restait fidèle aux divinités qui nichent dans les arbres ou émergent du bouillonnement des eaux ; chaque soir, ils déposaient sous le platane consacré aux Nymphes une écuelle de lait de la seule chèvre qui leur restât ; les garçons se glissaient à midi sous les bouquets d'arbres pour épier ces femmes aux yeux d'onyx qui se nourrissent de thym et de miel. Elles pullulaient partout, filles de cette terre dure et sèche où ce qui ailleurs se dissipe en buée prend aussitôt figure et substance de réalité. On retrouvait la trace de leurs pas dans la glaise des fontaines, et la blancheur de leurs corps se confondait de loin avec le miroitement des rochers. Il arrivait même qu'une Nymphe mutilée survécût encore dans la poutre mal rabotée qui soutenait un toit, et, la nuit, on l'entendait se plaindre ou chanter. Presque chaque jour, du bétail charmé se perdait dans la montagne, et l'on ne retrouvait que des mois plus tard un petit tas d'ossements. Les Malignes prenaient les enfants par la main et les emmenaient danser au bord des précipices ; leurs pieds légers ne touchaient pas terre, mais le gouffre happait les lourds petits corps. Ou bien, un jeune garçon lancé sur leur piste redescendait hors d'haleine, grelottant de fièvre, ayant bu la mort avec l'eau d'une source. Après chaque désastre, le moine Thérapion montrait le poing aux bois où se

cachaient les Maudites, mais les villageois continuaient à chérir ces fraîches fées à demi invisibles, et
ils leur pardonnaient leurs méfaits comme on pardonne au soleil qui désagrège la cervelle des fous, à
la lune qui suce le lait des mères endormies, et à
l'amour qui fait tant souffrir.

Le moine les craignait comme une bande de
louves, et elles l'inquiétaient comme un troupeau de
prostituées. Jamais ces fantasques belles ne le lais-
saient en paix : la nuit, il sentait sur son visage leur
souffle chaud comme celui d'une bête à demi appri-
voisée qui rôde timidement dans une chambre. S'il
s'aventurait à travers la campagne muni du viatique
pour un malade, il entendait résonner sur ses talons
leur trot capricieux et saccadé de jeunes chèvres ; s'il
lui arrivait, en dépit de ses efforts, de s'endormir à
l'heure de la prière, elles venaient innocemment lui
tirer la barbe. Elles n'essayaient pas de le séduire, car
elles le trouvaient laid, comique et très vieux dans ses
épais vêtements de bure brune, et malgré leur beauté
elles n'éveillaient en lui aucun désir impur, car leur
nudité lui répugnait comme la chair pâle de la che-
nille ou le derme lisse des couleuvres. Elles l'indui-
saient pourtant en tentation, car il finissait par douter
de la sagesse de Dieu, qui a façonné tant de créatures
inutiles et nuisibles, comme si la création n'était
qu'un jeu malfaisant auquel Il se complaît. Un matin,
les villageois trouvèrent leur moine occupé à scier le
platane des Nymphes, et ils s'affligèrent doublement,
car d'une part ils craignaient la vengeance des fées,

qui s'en iraient emportant avec elles les sources, et
d'autre part ce platane ombrageait la place où ils
avaient coutume de se réunir pour danser. Mais ils ne
firent pas de reproches au saint homme, de peur de
se brouiller avec le Père qui est au ciel, et qui dispense
la pluie et le soleil. Ils se turent, et les projets du
moine Thérapion contre les Nymphes furent encou-
ragés par ce silence.

Il ne sortait plus qu'avec deux silex dissimulés dans
le pli de sa manche, et le soir, subrepticement, lorsqu'il n'apercevait aucun paysan dans la campagne
déserte, il mettait le feu à un vieil olivier dont le tronc
carié lui paraissait receler des déesses, ou à un jeune
pin écailleux dont la résine versait des pleurs d'or.
Une forme nue s'échappait du feuillage et courait
rejoindre ses compagnes, immobiles au loin comme
des biches effarouchées, et le saint moine se réjouissait d'avoir détruit un des repaires du Mal. Partout, il
plantait des croix, et les jeunes bêtes divines s'écar-
taient, fuyaient l'ombre de cette espèce de gibet
sublime, laissant autour du village sanctifié une zone
toujours plus vaste de silence et de solitude. Mais la
lutte se poursuivait pied à pied sur les premières
pentes de la montagne, qui se défendait à l'aide de
ronces épineuses et de chutes de pierres, et d'où il est
plus difficile de chasser les dieux. Enfin, encerclées
par la prière et par le feu, amaigries par l'absence
d'offrandes, privées d'amour depuis que les jeunes
gens du village commençaient à se détourner d'elles,
les Nymphes cherchèrent refuge dans un vallon

désert, où quelques pins tout noirs plantés dans le sol argileux faisaient penser à de grands oiseaux ramassant dans leurs fortes serres la terre rouge et remuant dans le ciel les mille pointes fines de leurs plumes d'aigle. Les sources qui suintaient là sous des tas de pierres informes étaient trop froides pour attirer les lavandières et les bergers. Une grotte se creusait à mi-flanc d'une colline, et on n'y accédait que par une embouchure juste assez large pour livrer passage à un corps. De tout temps, les Nymphes s'y étaient réfugiées par les soirs où l'orage troublait leurs jeux, car elles craignaient le tonnerre, comme toutes les bêtes des bois, et c'était là aussi qu'elles dormaient pendant les nuits sans lune. De jeunes pâtres prétendaient s'être glissés dans cette caverne au péril de leur salut et de la vigueur de leur jeunesse, et ils ne tarissaient pas au sujet de ces doux corps à demi visibles dans les fraîches ténèbres et de ces chevelures plus devinées que palpées. Pour le moine Thérapion, cette grotte dissimulée dans le flanc du rocher était comme un cancer enfoncé dans son propre sein, et debout au seuil de la vallée, les bras levés, immobile durant des heures entières, il priait le ciel de l'aider à détruire ces dangereux restes de la race des dieux.

Peu après Pâques, le moine réunit un soir les plus fidèles ou les plus rudes de ses ouailles ; il les arma de pioches et de lanternes ; il se munit d'un crucifix et il les guida à travers le dédale de collines, dans les molles ténèbres pleines de sève, anxieux de mettre à profit cette nuit noire. Le moine Thérapion s'arrêta

sur le seuil de la grotte, et il ne permit pas à ses
disciples d'y pénétrer, de peur qu'ils ne fussent
tentés. Dans l'ombre opaque, on entendait glousser
les sources. Un faible bruit palpitait, doux comme la
brise dans les pinèdes ; c'était la respiration des
Nymphes endormies, qui rêvaient de la jeunesse du
monde, du temps où l'homme n'existait pas encore,
et où la terre n'enfantait que les arbres, les bêtes et
les dieux. Les paysans allumèrent un grand feu,
mais il fallut renoncer à brûler le rocher ; le moine
leur ordonna de gâcher du plâtre, de charrier des
pierres. Aux premières lueurs de l'aube, ils avaient
commencé la construction d'une petite chapelle
accolée au flanc de la colline, devant l'embouchure
de la grotte maudite. Les murs n'étaient pas secs, le
toit n'était pas encore posé, et la porte manquait,
mais le moine Thérapion savait que les Nymphes ne
tenteraient pas de s'échapper au travers de ce lieu
saint, que déjà il avait consacré et béni. Pour plus de
sûreté, il avait planté au fond de la chapelle, à
l'endroit où s'ouvrait la bouche du rocher, un grand
Christ peint sur une croix à quatre bras égaux, et les
Nymphes qui ne comprennent que les sourires reculaient d'horreur devant cette image du Supplicié.
Les premiers rayons du soleil s'allongeaient timidement jusqu'au seuil de la caverne : c'était l'heure où
les malheureuses avaient coutume de sortir, pour
prendre sur les feuilles des arbres voisins leur premier repas de rosée ; les captives sanglotaient, sup-
pliaient le moine de leur venir en aide et dans leur

innocence, s'il consentait à leur permettre de fuir,
lui promettaient de l'aimer. Toute la journée, les
travaux se poursuivirent, et, jusqu'au soir, on vit des
pleurs tomber de la pierre, on entendit des toux et
des cris rauques pareils aux plaintes des bêtes bles-
sées. Le jour suivant, on posa le toit, et on l'orna
d'un bouquet de fleurs ; on ajusta la porte, et l'on fit
tourner dans la serrure une grosse clef de fer. Cette
nuit-là, les paysans fatigués redescendirent au village, mais le moine Thérapion coucha près de la
chapelle qu'il avait élevée, et toute la nuit les
plaintes de ses prisonnières l'empêchèrent délicieu-
sement de dormir. Il était compatissant, néanmoins,
car il s'attendrissait sur un ver foulé aux pieds, ou
sur une tige de fleur rompue par le frôlement de
son froc, mais il était pareil à un homme qui se
réjouit d'avoir emmuré entre deux briques un nid
de jeunes vipères.

Le lendemain, les paysans apportèrent du lait de
chaux, ils badigeonnèrent le dedans et le dehors de
la chapelle, qui prit alors l'aspect d'une blanche
colombe blottie sur le sein du rocher. Deux villageois moins peureux que les autres s'aventurèrent
dans la grotte pour blanchir ses parois humides et
poreuses, afin que l'eau des sources et le miel des
abeilles cessent de suinter à l'intérieur du bel antre
et de soutenir la vie défaillante des femmes fées. Les
Nymphes affaiblies n'avaient plus la force nécessaire
pour se manifester aux humains ; à peine, çà et là, se
devinaient vaguement dans la pénombre une jeune

bouche contractée, deux frêles mains suppliantes, ou la pâle rose d'un sein. Ou, de temps à autre, en promenant sur les aspérités du rocher leurs gros doigts blanchis par la chaux, les paysans sentaient fuir une chevelure souple et tremblante comme ces capillaires qui poussent dans les endroits humides et abandonnés. Le corps défait des Nymphes se décomposait en buée, ou s'apprêtait à tomber en poussière comme les ailes d'un papillon mort; elles gémissaient toujours, mais il fallait prêter l'oreille pour écouter ces faibles plaintes; ce n'était déjà plus que des âmes de Nymphes qui pleuraient.

Toute la nuit suivante, le moine Thérapion continua de monter sa garde de prière au seuil de la chapelle, comme un anachorète dans le désert. Il se réjouissait de penser qu'avant la nouvelle lune les plaintes auraient cessé, et que les Nymphes mortes de faim ne seraient plus qu'un impur souvenir. Il priait pour hâter cet instant où la mort délivrerait ses prisonnières, car il commençait bien malgré lui à les plaindre, et il s'en voulait de cette honteuse faiblesse. Personne ne montait plus jusqu'à lui; le village lui semblait aussi éloigné que s'il avait été situé sur l'autre rebord du monde; il n'apercevait sur le versant opposé de la vallée que de la terre rouge, des pins, et un sentier à demi caché sous les aiguilles d'or. Il n'entendait que ces râles qui allaient diminuant toujours, et le son de plus en plus enroué de ses propres prières.

Au soir de ce jour-là, il vit sur le sentier une femme

qui venait vers lui. Elle marchait la tête basse, un peu voûtée ; son manteau et son écharpe étaient noirs, mais une lueur mystérieuse se faisait jour à travers cette étoffe obscure, comme si elle avait jeté la nuit sur le matin. Bien qu'elle fût très jeune, elle avait la gravité, la lenteur, la dignité d'une très vieille femme, et sa suavité était pareille à celle de la grappe mûrie et de la fleur embaumée. En passant devant la chapelle, elle regarda attentivement le moine, qui en fut dérangé dans ses oraisons.

— Ce sentier ne conduit nulle part, femme, lui dit-il. D'où viens-tu ?

— De l'Est, comme le matin, dit la jeune femme. Et que fais-tu ici, vieux moine ?

— J'ai muré dans cette grotte les Nymphes qui infestaient encore la contrée, dit le moine, et devant l'ouverture de l'antre, j'ai bâti une chapelle, qu'elles n'osent pas traverser pour fuir, car elles sont nues, et à leur manière elles craignent Dieu. J'attends qu'elles meurent de faim et de froid dans leur caverne, et quand ce sera fait, la paix de Dieu régnera sur les champs.

— Qui te dit que la paix de Dieu ne s'étend pas aux Nymphes comme aux biches et aux troupeaux de chèvres ? répondit la jeune femme. Ne sais-tu pas qu'au temps de la création Dieu oublia de donner des ailes à certains anges, qui tombèrent sur la terre et s'établirent dans les bois, où ils formèrent la race des Nymphes et des Pans ? Et d'autres s'installèrent sur une montagne, où ils devinrent des dieux olympiens. N'exalte pas, comme les païens, la créature aux dépens du Créateur, mais ne sois pas non plus scandalisé par Son œuvre. Et remercie Dieu dans ton cœur, pour avoir créé Diane et Apollon.

— Mon esprit ne s'élève pas si haut, dit humblement le vieux moine. Les nymphes troublent mes ouailles et mettent en danger leur salut, dont je suis responsable devant Dieu, et c'est pourquoi je les poursuivrai s'il le faut, jusqu'en enfer.

— Et ce zèle te sera compté, honnête moine, dit en souriant la jeune femme. Mais n'aperçois-tu pas un moyen de concilier la vie des nymphes et le salut de tes ouailles ?

Sa voix était douce comme une musique de flûtes. Le moine inquiet baissa la tête. La jeune femme lui posa la main sur l'épaule et lui dit gravement :

— Moine, laisse-moi entrer dans cette grotte. J'aime les grottes, et j'ai pitié de ceux qui y cherchent refuge. C'est dans une grotte que j'ai mis au monde mon enfant, et c'est dans une grotte que je l'ai confié sans crainte à la mort, afin qu'il subisse la seconde naissance de la Résurrection.

L'anachorète s'écarta pour la laisser passer. Sans hésiter elle se dirigea vers l'entrée de la caverne, dissimulée derrière l'autel. La grande croix en barrait le seuil ; elle l'écarta doucement comme un objet familier, et elle se glissa dans l'antre.

On entendit dans les ténèbres des gémissements plus aigus, des pépiements et des espèces de froissements d'ailes. La jeune femme parlait aux Nymphes en une langue inconnue, qui était peut-être celle des oiseaux ou des anges. Au bout d'un instant, elle reparut au côté du moine, qui n'avait pas cessé de prier.

— Regarde, moine, dit-elle, et écoute.

D'innombrables petits cris stridents sortaient de dessous son manteau. Elle en écarta les pans, et le moine Thérapion vit qu'elle portait dans les plis de sa robe des centaines de jeunes hirondelles. Elle ouvrit largement les bras, comme une femme en prière, et donna ainsi la volée aux oiseaux. Puis elle dit, et sa voix était claire comme le son d'une harpe :

— Allez, mes enfants.

Les hirondelles délivrées filèrent dans le ciel du soir, dessinant du bec et de l'aile d'indéchiffrables signes. Le vieillard et la jeune femme les suivirent un instant du regard, puis la voyageuse dit au solitaire :

— Elles reviendront chaque année, et tu leur donneras asile dans mon église. Adieu, Thérapion.

Et Marie s'en alla par le sentier qui ne menait nulle part, en femme à qui il importe peu que les chemins finissent, puisqu'elle sait le moyen de marcher dans le ciel. Le moine Thérapion descendit au village, et, le lendemain, quand il remonta célébrer la Messe, la grotte des Nymphes était tapissée de nids d'hirondelles. Elles revinrent chaque année ; elles allaient et venaient dans l'église, occupées à nourrir leurs petits ou à consolider leurs maisons d'argile, et souvent le moine Thérapion s'interrompait dans ses prières pour suivre avec attendrissement leurs amours et leurs jeux, car ce qui est interdit aux Nymphes est permis aux hirondelles.

La veuve Aphrodissia

On l'appelait Kostis le Rouge parce qu'il avait les cheveux roux, parce qu'il s'était chargé la conscience d'une bonne quantité de sang versé, et surtout parce qu'il portait une veste rouge lorsqu'il descendait insolemment à la foire aux chevaux pour obliger un paysan terrifié à lui vendre à bas prix sa meilleure monture, sous peine de s'exposer à diverses variétés de morts subites. Il avait vécu terré dans la montagne, à quelques heures de marche de son village natal, et ses méfaits s'étaient longtemps bornés à divers assassinats politiques et au rapt d'une douzaine de moutons maigres. Il aurait pu rentrer dans sa forge sans être inquiété, mais il était de ceux qui préfèrent à tout la saveur de l'air libre et de la nourriture volée. Puis deux ou trois meurtres de droit commun avaient mis sur le pied de guerre les paysans du village ; ils l'avaient traqué comme un loup et forcé comme un sanglier. Enfin, ils avaient réussi à s'en saisir durant la nuit de la Saint-Georges, et on l'avait ramené au village en travers d'une selle, la gorge ouverte comme une bête de boucherie, et les trois ou quatre jeunes gens qu'il avait entraînés dans sa vie d'aventures avaient fini comme lui, troués de balles et percés de coups de couteau. Les têtes plantées sur des fourches décoraient la place du village ; les corps gisaient l'un sur l'autre à la porte du cimetière ; les paysans vainqueurs festoyaient, protégés du soleil et des mouches par leurs persiennes fermées ; et la veuve du vieux pope que Kostaki avait assassiné six ans plus tôt, sur un chemin désert, pleurait dans sa cuisine tout en rinçant les gobelets qu'elle venait d'offrir pleins d'eau-de-vie aux paysans qui l'avaient vengée.

La veuve Aphrodissia s'essuya les yeux et s'assit sur l'unique escabeau de la cuisine, appuyant sur le rebord de la table ses deux mains, et sur ses mains son menton qui tremblait comme celui d'une vieille femme. C'était un mercredi, et elle n'avait pas mangé depuis dimanche. Il y avait trois jours aussi qu'elle n'avait pas dormi. Ses sanglots réprimés secouaient sa poitrine sous les plis épais de sa robe d'étamine noire. Elle s'assoupissait malgré elle, bercée par sa propre plainte ; d'un sursaut, elle se redressa : ce n'était pas encore pour elle le moment de la sieste et de l'oubli. Pendant trois jours et trois nuits, les femmes du village avaient attendu sur la place, piaillant à chaque coup de feu répercuté dans la montagne par l'orage de l'écho ; et les cris d'Aphrodissia avaient jailli plus haut que ceux de ses compagnes, comme il convenait à la femme d'un personnage aussi respecté que ce vieux pope couché depuis six ans dans sa tombe. Elle s'était trouvée mal quand les paysans étaient rentrés à l'aube du troisième jour avec leur charge sanglante sur une mule éreintée, et ses voisines avaient dû la ramener dans la maisonnette où elle habitait à l'écart depuis son veuvage, mais, sitôt revenue à elle, elle avait insisté pour offrir à boire à ses vengeurs. Les jambes et les mains encore tremblantes, elle s'était approchée tour à tour de chacun de ces hommes qui répandaient dans la chambre une odeur presque intolérable de cuir et de fatigue, et comme elle n'avait pu assaisonner de poison les tranches de pain et de fromage qu'elle leur avait présentées, il lui avait fallu se contenter d'y cracher à la dérobée, en souhaitant que la lune d'automne se lève sur leurs tombes.

C'est à ce moment-là qu'elle aurait dû leur confesser toute sa vie, confondre leur sottise ou justifier leurs pires soupçons, leur corner aux oreilles cette vérité qu'il avait été à la fois si facile et si dur de leur dissimuler pendant dix ans : son amour pour Kostis, leur première rencontre dans un chemin creux, sous un mûrier où elle s'était abritée d'une averse de grêle, et leur passion née avec la soudaineté de l'éclair par cette nuit orageuse ; son retour au village, l'âme tout agitée d'un remords où il entrait plus d'effroi que de repentir ; la semaine intolérable où elle avait essayé de se priver de cet homme devenu pour elle plus nécessaire que le pain et l'eau ; et sa seconde visite à Kostis, sous prétexte d'approvisionner de farine la mère du pope qui ménageait toute

seule une ferme dans la montagne ; et le jupon jaune
qu'elle portait en ce temps-là, et qu'ils avaient étendu
sur eux en guise de couverture, et ç'avait été comme
s'ils avaient couché sous un lambeau de soleil ; et la
nuit où il avait fallu se cacher dans l'étable d'un cara-
vansérail turc abandonné ; et les jeunes branches de
châtaignier qui lui assenaient au passage leurs gifles
de fraîcheur ; et le dos courbé de Kostis la précédant
sur les sentiers où le moindre mouvement trop vif
risquait de déranger une vipère ; et la cicatrice qu'elle
n'avait pas remarquée le premier jour, et qui serpen-
tait sur sa nuque ; et les regards cupides et fous qu'il
jetait sur elle comme sur un précieux objet volé ; et
son corps solide d'homme habitué à vivre à la dure ;
et son rire qui la rassurait ; et la façon bien à lui qu'il
avait dans l'amour de balbutier son nom.

Elle se leva et épousseta d'un grand geste le mur
blanc où bourdonnaient deux ou trois mouches. Les
lourdes mouches nourries d'immondices n'étaient
pas qu'une vermine un peu importune dont on sup-
portait sur la peau le va-et-vient mou et léger : elles
s'étaient peut-être posées sur ce corps nu, sur cette
tête saignante ; elles avaient ajouté leurs insultes aux
coups de pied des enfants et aux regards curieux des
femmes. Ah, si l'on avait pu, d'un simple coup de
torchon, balayer tout ce village, ces vieilles femmes
aux langues empoisonnées comme des dards de
guêpes ; et ce jeune prêtre, ivre du vin de la Messe,
qui tonnait dans l'église contre l'assassin de son pré-
décesseur ; et ces paysans acharnés sur le corps de

Kostis comme des frelons sur un fruit gluant de miel. Ils n'imaginaient pas que le deuil d'Aphrodissia pût avoir d'autre objet que ce vieux pope caché depuis six ans dans le coin le plus honorable du cimetière : elle n'avait pu leur crier qu'elle se souciait de la vie de ce pompeux ivrogne comme du banc de bois des lieux au fond du jardin.

Et pourtant, malgré ses ronflements qui l'empêchaient de dormir et sa façon insupportable de se racler la gorge, elle le regrettait presque, ce vieillard crédule et vain qui s'était laissé duper, puis terroriser, avec l'exagération comique d'un de ces jaloux qui font rire sur l'écran des montreurs d'ombres : il avait ajouté un élément de farce au drame de son amour. Et ç'avait été bon d'étrangler les poulets du pope que Kostis emporterait sous sa veste, les soirs où il se glissait à la dérobée jusqu'au presbytère, et d'accuser ensuite les renards de ce larcin. Ç'avait même été bon, une nuit où le vieux s'était levé réveillé par leur babil d'amour sous le platane, de deviner le vieil homme penché à la fenêtre, épiant chaque mouvement de leurs ombres sur le mur du jardin, grotesquement partagé entre la crainte du scandale, celle d'un coup de feu, et l'envie de se venger. La seule chose qu'Aphrodissia eût à reprocher à Kostis, c'était précisément le meurtre de ce vieillard, qui servait malgré lui de couverture à leurs amours.

Depuis son veuvage, personne n'avait soupçonné les rendez-vous dangereux donnés à Kostis pendant les nuits sans lune, de sorte qu'au plat de sa joie avait manqué le piment d'un spectateur. Quand les yeux méfiants des matrones s'étaient posés sur la taille alourdie de la jeune femme, elles s'étaient tout au plus imaginé que la veuve du pope s'était laissé séduire par un marchand ambulant, par un ouvrier de ferme, comme si ces gens-là étaient de ceux avec qui Aphrodissia eût consenti à coucher. Et il avait fallu accepter avec joie ces soupçons humiliants et ravaler son orgueil avec plus de soin encore qu'elle retenait ses nausées. Et lorsqu'elles l'avaient revue quelques semaines plus tard, le ventre plat sous ses jupons lâches, toutes s'étaient demandé ce qu'Aphrodissia avait bien pu faire pour se débarrasser si facilement de son fardeau.

Personne ne s'était douté que la visite au sanctuaire de Saint-Loukas n'était qu'un prétexte, et qu'Aphrodissia était restée terrée à quelques lieues du village, dans la cabane de la mère du pope qui consentait maintenant à cuire le pain de Kostis et à raccommoder sa veste. Ce n'était pas que la Très-Vieille eût le cœur tendre, mais Kostis l'approvisionnait d'eau-de-vie, et puis, elle aussi, dans sa jeunesse, elle avait aimé l'amour. Et c'était là que l'enfant était venu au monde, et qu'il avait fallu l'étouffer entre deux paillasses, faible et nu comme un chaton nouveau-né, sans avoir pris la peine de le laver après sa naissance.

Enfin, il y avait eu l'assassinat du maire par un des compagnons de Kostis, et les maigres mains de l'homme aimé serrées de plus en plus hargneusement sur son vieux fusil de chasse, et ces trois jours et ces trois nuits où le soleil semblait se lever et se coucher dans le sang. Et ce soir, tout finirait par un feu de joie pour lequel les bidons d'essence étaient déjà rassemblés à la porte du cimetière ; Kostis et ses compagnons seraient traités comme ces charognes de mules qu'on arrose de pétrole pour ne pas se donner la peine de les mettre en terre, et il ne restait plus à Aphrodissia que quelques heures de grand soleil et de solitude pour mener son deuil.

Elle souleva le loquet et sortit sur l'étroit terre-plein qui la séparait du cimetière. Les corps entassés gisaient contre le mur de pierres sèches, mais Kostis n'était pas difficile à reconnaître ; il était le plus grand, et elle l'avait aimé. Un paysan avide lui avait enlevé son gilet pour s'en parer le dimanche ; des mouches collaient déjà aux pleurs de sang des paupières ; il était quasi nu. Deux ou trois chiens léchaient sur le sol des traces noires, puis, pantelants, retournaient se coucher dans une mince bande d'ombre. Le soir, à l'heure où le soleil devient inoffensif, de petits groupes de femmes commenceraient à s'assembler sur cette étroite terrasse ; elles examineraient la verrue que Kostis portait entre les deux épaules. Des hommes à coups de pied retourneraient le cadavre pour imbiber d'essence le peu de vêtements qu'on lui avait laissé ; on déboucherait les bidons avec la grosse joie de vendangeurs débondant un fût. Aphrodissia toucha la manche déchirée de la chemise qu'elle avait cousue de ses propres mains pour l'offrir à Kostis en guise de cadeau de Pâques, et reconnut soudain son nom gravé par Kostaki au creux du bras gauche. Si d'autres yeux que les siens tombaient sur ces lettres maladroitement tracées en pleine peau, la vérité illuminerait brusquement leurs esprits comme les flammes de l'essence commençant à danser sur le mur du cimetière. Elle se vit lapidée, ensevelie sous les pierres. Elle ne pouvait pourtant pas arracher ce bras qui l'accusait avec tant de tendresse, ou chauffer des fers pour oblitérer ces marques qui la perdaient. Elle ne pouvait pourtant pas infliger une blessure à ce corps qui avait déjà tant saigné.

Les couronnes de fer-blanc qui encombraient la tombe du pope Étienne miroitaient de l'autre côté du mur bas de l'enclos consacré, et ce monticule bossué lui rappela brusquement le ventre adipeux du vieillard. Après son veuvage, on avait relégué la veuve du défunt pope dans cette cahute à deux pas du cimetière : elle ne se plaignait pas de vivre dans ce lieu isolé où ne poussaient que des tombes, car parfois Kostis avait pu s'aventurer à la nuit tombée sur cette route où ne passait personne de vivant, et le fossoyeur qui habitait la maison voisine était sourd comme un mort. La fosse du pope Étienne n'était séparée de la cahute que par le mur du cimetière, et ils avaient eu l'impression de continuer leurs caresses à la barbe du fantôme. Aujourd'hui, cette même solitude allait permettre à Aphrodissia de réaliser un projet digne de sa vie de stratagèmes et d'imprudences, et, poussant la barrière de bois éclatée par le soleil, elle s'empara de la pelle et de la pioche du fossoyeur.

La terre était sèche et dure, et la sueur d'Aphrodissia coulait plus abondante que n'avaient été ses larmes. De temps à autre, la pelle sonnait sur une pierre, mais ce bruit dans ce lieu désert n'alerterait personne, et le village tout entier dormait après avoir mangé. Enfin, elle entendit sous la pioche le son sec du vieux bois, et la bière du pope Étienne, plus fragile qu'une table de guitare, se fendit sous la poussée, révélant le peu d'os et de chasuble fripée qui restaient du vieillard. Aphrodissia fit de ces débris un tas qu'elle repoussa soigneusement dans un coin du cercueil et traîna par les aisselles le corps de Kostis vers la fosse. L'amant de jadis dépassait le mari de toute la tête, mais le cercueil serait assez grand pour Kostis décapité. Aphrodissia referma le couvercle, entassa à nouveau la terre sur la tombe, recouvrit le monticule fraîchement remué à l'aide des couronnes achetées jadis à Athènes aux frais des paroissiens, égalisa la poussière du sentier où elle avait traîné son mort. Un corps manquait maintenant au monceau qui gisait à l'entrée du cimetière, mais les paysans n'allaient pourtant pas fouiller dans toutes les tombes afin de le retrouver.

Elle s'assit toute haletante et se releva presque aussitôt, car elle avait pris goût à sa besogne d'ensevelisseuse. La tête de Kostis était encore là-haut, exposée aux insultes, piquée sur une fourche à l'endroit où le village cède la place aux rochers et au ciel. Rien

n'était fini tant qu'elle n'avait pas terminé son rite de
funérailles, et il fallait se hâter de profiter des heures
chaudes où les gens barricadés dans leurs maisons
dorment, comptent leurs drachmes, font l'amour et
laissent au-dehors la place libre au soleil.

Contournant le village, elle prit pour monter au
sommet le raidillon le moins fréquenté. De maigres
chiens somnolaient dans l'ombre étroite des seuils ;
Aphrodissia leur lançait un coup de pied en passant,
dépensant sur eux la rancune qu'elle ne pouvait
assouvir sur leurs maîtres. Puis, comme l'une de ces
bêtes se levait toute hérissée, avec un long gémisse-
ment, elle dut s'arrêter un instant pour l'apaiser à
force de flatteries et de caresses. L'air brûlait comme
un fer porté au blanc, et Aphrodissia ramena son
châle sur son front, car il ne s'agissait pas de tomber
foudroyée avant d'avoir terminé sa tâche.

Le sentier débouchait enfin sur une esplanade
blanche et ronde. Plus haut, il n'y avait que de grands
rochers creusés de cavernes où ne se risquaient que
des désespérés comme Kostis, et d'où les étrangers
s'entendaient rappeler par la voix âpre des paysans
dès qu'ils faisaient mine de s'y aventurer. Plus haut
encore, il n'y avait que les aigles et le ciel, dont les
aigles seuls savent les pistes. Les cinq têtes de Kostis et
de ses compagnons faisaient sur leurs fourches les
différentes grimaces que peuvent faire des morts.
Kostis serrait les lèvres comme s'il méditait un pro-
blème qu'il n'avait pas eu le temps de résoudre dans
la vie, tel que l'achat d'un cheval ou la rançon d'une

nouvelle capture, et, seul d'entre ses amis, la mort ne l'avait pas beaucoup changé, car il avait toujours été naturellement très pâle. Aphrodissia saisit la tête qui s'enleva avec un bruit de soie qu'on déchire. Elle se proposait de la cacher chez elle, sous le sol de la cuisine, ou peut-être dans une caverne dont elle seule avait le secret, et elle caressait ce débris en lui assurant qu'ils étaient sauvés.

Elle alla s'asseoir sous le platane qui poussait en contrebas de la place, dans le terrain du fermier Basile. Sous ses pieds, les rochers dévalaient rapidement vers la plaine, et les forêts tapissant la terre faisaient de loin l'effet de mousses minuscules. Tout au fond, on apercevait la mer entre deux lèvres de la montagne, et Aphrodissia se disait que si elle avait pu décider Kostis à s'enfuir sur ces vagues, elle ne serait pas obligée de dodeliner en ce moment sur ses genoux une tête striée de sang. Ses lamentations, contenues depuis l'origine de son malheur, éclatèrent en sanglots véhéments comme ceux des pleureuses de funérailles, et les coudes aux genoux, les mains appuyées contre ses joues humides, elle laissait couler ses larmes sur le visage du mort.

— Holà, voleuse, veuve de prêtre, qu'est-ce que tu fais dans mon verger ?

Le vieux Basile, armé d'une serpe et d'un bâton, se penchait au haut de la route, et son air de méfiance et de fureur ne parvenait qu'à le rendre encore plus pareil à un épouvantail. Aphrodissia se leva d'un bond, couvrant la tête de son tablier :

— Je ne t'ai volé qu'un peu d'ombre, Oncle Basile, un peu d'ombre pour me rafraîchir le front.

— Qu'est-ce que tu caches dans ton tablier, voleuse, veuve de rien ? Une citrouille ? Une pastèque ?

— Je suis pauvre, Oncle Basile, et je n'ai pris qu'une pastèque bien rouge. Rien qu'une pastèque rouge avec des grains noirs au fond.

— Montre-moi ça, menteuse, espèce de taupe noire, et rends-moi ce que tu m'as volé.

Le vieux Basile s'engagea sur la pente en brandissant son bâton. Aphrodissia se mit à courir du côté du précipice, tenant dans les mains les coins de son tablier. La pente devenait de plus en plus rude, le sentier de plus en plus glissant, comme si le sang du soleil, prêt à se coucher, en avait poissé les pierres. Depuis longtemps, Basile s'était arrêté et hurlait à pleine voix pour avertir la fuyarde de revenir en arrière ; le sentier n'était plus qu'une piste, et la piste un éboulis de rochers. Aphrodissia l'entendait, mais de ces paroles déchiquetées par le vent elle ne comprenait que la nécessité d'échapper au village, au mensonge, à la lourde hypocrisie, au long châtiment d'être un jour une vieille femme qui n'est plus aimée. Une pierre enfin se détacha sous son pied, tomba au fond du précipice comme pour lui montrer la route, et la veuve Aphrodissia plongea dans l'abîme et dans le soir, emportant avec elle la tête barbouillée de sang.

Kâli décapitée

Kâli, la déesse terrible, rôde à travers les plaines de l'Inde.

On la rencontre simultanément au Nord et au Sud, et à la fois dans les lieux saints et dans les marchés. Les femmes tressaillent sur son passage ; les jeunes hommes, dilatant les narines, s'avancent sur le seuil des portes, et les petits enfants qui vagissent savent déjà son nom. Kâli la Noire est horrible et belle. Sa taille est si fine que les poètes qui la chantent la comparent au bananier. Elle a des épaules rondes comme le lever de la lune d'automne ; des seins gonflés comme des bourgeons près d'éclore ; ses cuisses ondoient comme la trompe de l'éléphanteau nouveau-né, et ses pieds dansants sont comme de jeunes pousses. Sa bouche est chaude comme la vie ; ses yeux profonds comme la mort. Elle se mire tour à tour dans le bronze de la nuit, dans l'argent de l'aurore, dans le cuivre du crépuscule, et, dans l'or de midi, elle se contemple. Mais ses lèvres n'ont jamais souri ; un chapelet d'ossements s'enroule autour de son cou mince, et, dans sa figure plus claire que le reste de son corps, ses vastes yeux sont purs et tristes. Le visage de Kâli, éternellement mouillé de larmes, est pâle et couvert de rosée comme la face inquiète du matin.

Kâli est abjecte. Elle a perdu sa caste divine à force de se livrer aux parias, aux condamnés, et son visage baisé par les lépreux s'est recouvert d'une croûte d'astres. Elle s'étend contre la poitrine galeuse des chameliers venus du Nord, qui ne se lavent jamais, à cause des grands froids ; elle couche sur des lits de vermine avec des mendiants aveugles, elle passe de l'embrassement des Brahmanes à celui des misérables, race infecte, souillure de la lumière, qu'on charge de baigner les cadavres ; et Kâli étalée dans l'ombre pyramidale des bûchers s'abandonne sur les cendres tièdes. Elle aime aussi les bateliers, qui sont rudes et forts ; elle accepte jusqu'aux Noirs qui servent dans les bazars, plus battus que des bêtes de somme ; elle frotte sa tête contre leurs épaules écorchées par le va-et-vient des fardeaux. Triste comme une fiévreuse qui ne parviendrait pas à se procurer d'eau fraîche, elle va de village en village, de carrefour en carrefour, à la recherche des mêmes délices mornes.

Ses petits pieds dansent frénétiquement sous leurs anneaux qui tintent, mais ses yeux n'arrêtent pas de verser des larmes, sa bouche amère ne donne pas de baisers, ses cils ne caressent pas les joues de ceux qui l'étreignent, et son visage reste éternellement pâle comme une lune immaculée.

Jadis, Kâli, nénuphar de la perfection, trônait au ciel d'Indra comme à l'intérieur d'un saphir ; les diamants du matin scintillaient dans son regard, et l'univers se contractait ou se dilatait selon les battements de son cœur.

Mais Kâli, parfaite comme une fleur, ignorait sa perfection, et, pure comme le jour, elle ne connaissait pas sa pureté.

Les dieux jaloux guettèrent Kâli un soir d'éclipse, dans un cône d'ombre, au coin d'une planète complice. Elle fut décapitée par la foudre. Au lieu de sang, un flot de lumière jaillit de sa nuque tranchée. Son cadavre en deux tronçons, jeté au gouffre par les génies, roula jusqu'au fond des Enfers où rampent et sanglotent ceux qui n'ont pas aperçu ou ont refusé la lumière divine. Un vent froid souffla, condensa la clarté qui se mit à tomber du ciel ; une couche blanche s'amassa au sommet des montagnes, sous des espaces étoilés où il commençait à faire nuit. Les dieux-monstres, les dieux-bétail, les dieux aux multiples bras et aux multiples jambes, pareils à des roues qui tournent, fuyaient au travers des ténèbres, aveuglés par leurs auréoles, et les Immortels hagards regrettèrent leur crime.

Les dieux contrits descendirent, le long du Toit du Monde, dans l'abîme plein de fumée où rampent ceux qui existèrent. Ils franchirent les neuf purgatoires ; ils passèrent devant des cachots de boue et de glace où des fantômes rongés par le remords se repentent des fautes qu'ils ont commises, et devant des prisons de flamme où d'autres morts, tourmentés d'une convoitise vaine, pleurent les fautes qu'ils ne commirent pas. Les dieux s'étonnaient de trouver chez les hommes cette imagination infinie du Mal, ces ressources et ces angoisses innombrables du plaisir et du péché. Au fond du charnier, dans un marécage, la tête de Kâli ondoyait comme un lotus, et ses longs cheveux noirs nageaient autour d'elle comme des racines flottantes.

Ils recueillirent pieusement cette belle tête exsangue et se mirent en quête du corps qui l'avait portée. Un cadavre décapité gisait sur la berge. Ils le prirent, posèrent le chef de Kâli sur ces épaules et ranimèrent la déesse.

Ce corps était celui d'une prostituée, mise à mort pour avoir essayé de troubler les méditations d'un jeune Brahmane. Privé de sang, ce pâle cadavre paraissait pur. La déesse et la courtisane avaient sur la cuisse gauche le même grain de beauté.

Kâli ne retourna plus, nénuphar de la perfection, trôner au ciel d'Indra. Le corps, auquel sa tête divine était jointe, avait la nostalgie des quartiers mal famés, des caresses interdites, des chambres où les prostituées, méditant de secrètes débauches, guettent l'arrivée des clients à travers des persiennes vertes. Elle devint la séductrice des enfants, l'incitatrice des vieillards, la maîtresse despotique des jeunes hommes, et les femmes de la ville, négligées par leurs époux et se considérant comme des veuves, comparaient le corps de Kâli aux flammes du bûcher. Elle fut immonde comme le rat des égouts et détestée comme la belette des champs. Elle vola les cœurs comme un lambeau d'entrailles aux étals des tripiers, les fortunes liquéfiées poissaient ses mains comme des rayons de miel. Sans repos, de Bénarès à Kapilavistu, de Bangalore à Srinagar, le corps de Kâli entraînait avec lui la tête déshonorée de la déesse, et ses yeux limpides continuaient à pleurer.

Un matin, à Bénarès, Kâli, ivre, grimaçant de fatigue, sortit de la rue des courtisanes. Dans la campagne, un idiot qui bavait tranquillement, assis au bord d'un tas de fumier, se leva sur son passage et se mit à courir derrière elle. Déjà, il n'était plus séparé de la déesse que par la longueur de son ombre. Kâli ralentit son pas et laissa l'homme approcher.

Quand il l'eut quittée, elle reprit son chemin vers une ville inconnue. Un enfant lui demanda l'aumône, elle ne l'avertit pas qu'un serpent prêt à frapper se dressait entre deux pierres. Une fureur l'avait prise contre tout ce qui vit, en même temps qu'un désir d'en augmenter sa substance, d'anéantir les créatures tout en s'en assouvissant. On la rencontrait accroupie aux abords des cimetières ; sa bouche craquait des ossements comme la gueule des lionnes. Elle tua comme l'insecte femelle qui dévore ses mâles ; elle écrasa les êtres qu'elle enfantait comme une laie qui se retourne sur sa portée. Ceux qu'elle exterminait, elle les achevait en dansant sur eux. Ses lèvres maculées de sang exhalaient une fade odeur de boucherie, mais ses embrassements consolaient ses victimes, et la chaleur de sa poitrine faisait oublier tous les maux.

À l'orée d'une forêt, Kâli fit la rencontre du Sage.

Il était assis les jambes croisées, les paumes posées l'une sur l'autre, et son corps décharné était sec comme du bois préparé pour le bûcher. Personne n'aurait pu dire s'il était très jeune ou très vieux ; ses yeux qui voyaient tout étaient à peine visibles sous ses paupières baissées. La lumière autour de lui se disposait en auréole, et Kâli sentit monter des profondeurs d'elle-même le pressentiment du grand repos définitif, arrêt des mondes, délivrance des êtres, jour de béatitude où la vie et la mort seront également inutiles, âge où Tout se résorbe en Rien, comme si ce pur néant qu'elle venait de concevoir tressaillait en elle à la façon d'un futur enfant.

Le Maître de la grande compassion leva la main pour bénir cette passante.

— Ma tête très pure a été soudée à l'infamie, dit-elle. Je veux et ne veux pas, souffre et pourtant jouis, ai horreur de vivre et peur de mourir.

— Nous sommes tous incomplets, dit le Sage. Nous sommes tous partagés, fragments, ombres, fantômes sans consistance. Nous avons tous cru pleurer et cru jouir depuis des séquelles de siècles.

— J'ai été déesse au ciel d'Indra, dit la courtisane.

— Et tu n'étais pas plus libre de l'enchaînement des choses, et ton corps de diamant pas plus à l'abri du malheur que ton corps de boue et de chair. Peut-être, femme sans bonheur, errant déshonorée sur les routes, es-tu plus près d'accéder à ce qui est sans forme.

— Je suis lasse, gémit la déesse.

Alors, touchant du bout des doigts les tresses noires et souillées de cendre :

— Le désir t'a appris l'inanité du désir, dit-il ; le regret t'enseigne l'inutilité de regretter. Prends patience, ô Erreur dont nous sommes tous une part, ô Imparfaite grâce à qui la perfection prend conscience d'elle-même, ô Fureur qui n'es pas nécessairement immortelle…

La fin de Marko Kraliévitch

Les cloches sonnaient le glas dans le ciel presque insupportablement bleu. Elles semblaient plus fortes et plus stridentes qu'ailleurs, comme si, dans ce pays situé à l'orée des régions infidèles, elles eussent voulu affirmer très haut que leurs sonneurs étaient chrétiens, et chrétien le mort qu'on s'apprêtait à mettre en terre. Mais en bas, dans la ville blanche aux courettes étroites, aux hommes accroupis du côté de l'ombre, on ne les entendait que mélangées aux cris, aux appels, aux bêlements d'agneaux, aux hennissements de chevaux et aux braiments d'ânes, parfois aux hululements ou aux prières des femmes pour l'âme récemment partie, ou au rire d'un idiot que ce deuil public n'intéressait pas. Dans le quartier des étameurs, le tapage des marteaux couvrait leur bruit. Le vieux Stévan, qui achevait délicatement, par petits coups secs, le col d'une aiguière, vit s'écarter le pan de toile qui fermait l'embrasure de la porte. Un peu plus de la chaleur et du soleil bas d'une après-midi finissante envahirent la boutique sombre. Son camarade Andrev entra comme chez soi et croisa les jambes sur un bout de tapis.

— Tu sais que Marko est mort ? J'étais là, fit-il.

— Des chalands m'ont dit qu'il était mort, répliqua le vieux sans poser son marteau. Puisque tu as envie de raconter, raconte pendant que je travaille.

— J'ai un ami dans les cuisines de Marko. Les jours de fête, il me laisse servir à table : on happe toujours quelque bon morceau.

— Ce n'est pas aujourd'hui jour férié, dit le vieux, en caressant le bec de cuivre.

— Non, mais on mange toujours bien chez Marko, même les jours ouvrables, et même les jours maigres. Et il y a toujours à table beaucoup de gens ; les vieux éclopés, d'abord, ceux qui n'en finissent pas de parler des bons coups qu'ils ont donnés à Kossovo. Mais d'eux, il en vient moins chaque année, et même chaque saison. Et aujourd'hui, Marko avait invité aussi de gros marchands, des notables, des chefs de village, de ceux qui vivent dans la montagne, si près des Turcs qu'on peut se tirer des flèches d'un bord à l'autre du torrent qui coule entre les rochers, et quand l'eau manque en été, il y coule du sang. C'était à cause de l'expédition qu'on prépare, comme chaque année, pour rapporter des poulains et du bétail turc. On servait de grands plats dans lesquels on n'avait pas épargné les condiments ; c'est lourd et ça vous glisse des mains, à cause de la graisse. Marko mange et boit comme dix, et parle encore plus qu'il ne mange, rit et frappe du poing encore plus qu'il ne boit. Et de temps en temps, il mettait le holà, quand deux se querellaient d'avance à cause du butin.

« Et quand nous, les valets, avons versé de l'eau sur toutes les mains et essuyé tous les doigts, il est sorti dans la grande cour pleine de monde. On sait en ville qu'on distribue les restes à qui en veut, et les restes des restes vont aux chiens. La plupart des gens apportent un pot, petit ou grand, ou une écuelle, ou tout au moins une corbeille. Marko les connaissait presque tous. Personne comme lui pour se souvenir des figures et des noms, et pour mettre le nom juste sur la vraie figure. À l'un, un béquillard, il parlait du temps où ils avaient combattu ensemble le bey Constantin ; à un joueur de cithare aveugle, il chantonnait le premier vers d'une ballade que l'homme avait faite en son honneur quand il était jeune ; à une laide vieille femme, il prenait le menton, et lui rappelait qu'ils avaient couché ensemble dans le bon vieux temps. Et, parfois, il prenait lui-même un quartier de mouton dans un plat, et il disait à quelqu'un : "Mange !" Enfin, c'était comme tous les jours.

« Et tout à coup, il est arrivé devant un petit vieux assis sur un banc, avec ses pieds qui pendaient devant lui.

« — Et toi, qu'il a dit, pourquoi n'as-tu pas apporté d'écuelle ? Je ne me rappelle pas ton nom.

« — Les uns m'appellent comme ci, et les autres comme ça, dit le petit vieux. C'est sans importance.

« — Je ne connais pas non plus ta tête, dit Marko. C'est peut-être parce que tu as l'air comme tout le monde. Je n'aime pas les inconnus, ni les mendiants qui ne mendient pas. Et si par hasard tu espionnais pour les Turcs ?

« — Il y en a qui disent que j'épie tout le temps, fit le vieux. Mais ils se trompent : je laisse les gens faire ce qu'ils veulent.

« — Et moi aussi, j'aime faire ce que je veux, hurla Marko. Ta tête ne me revient pas. Sors d'ici !

« Et il lui appliqua un croc-en-jambe, comme pour le faire choir du banc. Mais on aurait dit un petit vieux de pierre. Ou plutôt, non ; il n'avait pas l'air plus solide qu'un autre ; ses pieds en savates pendouillaient devant lui, mais on n'aurait pas dit que Marko l'avait touché.

« Et quand Marko le prit à l'épaule pour le faire lever, ce fut pareil. Le vieux dodelinait de la tête.

« — Lève-toi et bats-toi comme un homme, cria Marko, la figure toute rouge.

« Le petit vieux se leva. Il était vraiment petit ; il n'arrivait qu'à l'épaule de Marko. Il resta là sans rien dire ni faire. Marko se jeta sur lui à bras raccourcis. Mais on aurait dit que ses coups n'atteignaient pas l'homme, et pourtant, les poings de Marko étaient en sang.

« — Vous autres, cria Marko à ceux de son escorte, ne vous en mêlez pas. Ça ne regarde que moi cette fois-ci.

« Mais il s'essoufflait. Tout à coup, il trébucha et tomba comme une masse. Je te jure que le vieux n'avait pas bougé.

« — C'est une mauvaise chute, Marko, dit-il. Tu ne t'en relèveras pas. Je crois que tu le savais avant de commencer.

« — Il y a pourtant cette expédition contre les Turcs, toute préparée : c'était pour ainsi dire affaire faite, fit péniblement l'homme couché. Mais puisque c'est comme ça, c'est comme ça.

« — Contre le Turc, ou pour ? demanda le petit vieux. C'est vrai que tu passais parfois de l'un à l'autre.

« — La fille que je courtisais, et qui m'a dit ça, fit le mourant, je lui ai coupé le bras droit. Et il y avait aussi les prisonniers que j'ai fait égorger, bien qu'on eût promis… Mais il n'y a pas que le mal, après tout. J'ai donné aux popes ; j'ai donné aux pauvres…

« — Ne te mets pas à faire tes comptes, dit le vieux. C'est toujours trop tôt ou trop tard, et ça ne sert à rien. Laisse-moi plutôt mettre ma veste sous ta tête, pour que tu sois moins mal à terre.

« Il mit bas sa veste, et fit comme il l'avait dit. On était tous trop ahuris pour s'emparer de lui. Et puis, quand on y pense, il n'avait rien fait. Il se dirigea vers les portes, qui étaient grandes ouvertes. Le dos un peu courbé, il avait plus que jamais l'air d'un mendiant, mais d'un mendiant qui ne demande rien. Deux chiens étaient enchaînés sur le seuil ; il posa la main en passant sur la tête du Grand Noir, qui est très mauvais. Le Grand Noir ne montra pas les dents. Maintenant qu'on savait que Marko était mort, on s'était tous tournés vers l'entrée, pour voir le vieux qui s'en allait. Dehors, la route, comme tu sais, s'allonge tout droit entre deux collines, tantôt montant, puis descendant, puis montant encore. Il était déjà loin. On voyait quelqu'un qui marchait dans la poussière, traînant un peu les pieds, avec sa grande culotte qui lui battait sur les cuisses et sa chemise au vent. Il allait vite pour un vieux. Et sur sa tête, dans le ciel tout vide, il y avait un vol d'oies sauvages.

La tristesse
de Cornélius Berg

Cornélius Berg, dès sa rentrée dans Amsterdam, s'était établi à l'auberge. Il en changeait souvent, déménageant quand il fallait payer, peignant encore, parfois, de petits portraits, des tableaux de genre sur commande, et, par-ci par-là, un morceau de nu pour un amateur, ou quêtant le long des rues l'aubaine d'une enseigne. Par malheur, sa main tremblait; il devait ajuster à ses lunettes des verres de plus en plus forts; le vin, dont il avait pris le goût en Italie, achevait, avec le tabac, de gâter le peu de sûreté de touche dont il se vantait encore. Il se dépitait, refusait de livrer l'ouvrage, compromettait tout par des surcharges et des grattages, finissait par ne plus travailler.

Il passait de longues heures au fond des tavernes enfumées comme une conscience d'ivrogne, où d'anciens élèves de Rembrandt, ses condisciples d'autrefois, lui payaient à boire, espérant qu'il leur raconterait ses voyages. Mais les pays poudreux de soleil où Cornélius avait traîné ses pinceaux et ses vessies de couleurs s'avéraient moins précis dans sa mémoire qu'ils ne l'avaient été dans ses projets d'avenir ; et il ne trouvait plus, comme dans son jeune temps, d'épaisses plaisanteries qui faisaient glousser de rire les servantes. Ceux qui se rappelaient le bruyant Cornélius d'autrefois s'étonnaient de le retrouver si taciturne ; l'ivresse seule lui rendait sa langue ; il tenait alors des discours incompréhensibles. Il s'asseyait, la figure tournée vers la muraille, son chapeau sur les yeux, pour ne pas voir le public, qui, disait-il, le dégoûtait. Cornélius, vieux peintre de portraits, longtemps établi dans une soupente de Rome, avait toute sa vie trop scruté les visages humains ; il s'en détournait maintenant avec une indifférence irritée ; il allait jusqu'à dire qu'il n'aimait pas à peindre les animaux, ceux-ci ressemblant trop aux hommes.

À mesure que se perdait le peu de talent qu'il avait jamais possédé, du génie semblait lui venir. Il s'établissait devant son chevalet, dans sa mansarde en désordre, posait à côté de lui un beau fruit rare qui coûtait cher, et qu'il fallait se hâter de reproduire sur la toile avant que sa peau brillante ne perdît de sa fraîcheur, ou bien un simple chaudron, des épluchures. Une lumière jaunâtre emplissait la chambre ; la pluie lavait humblement les vitres ; l'humidité était partout. L'élément humide enflait sous forme de sève la sphère grumeleuse de l'orange, boursouflait les boiseries qui criaient un peu, ternissait le cuivre du pot. Mais il reposait bientôt ses pinceaux ; ses doigts gourds, si prompts jadis à peindre sur commande des Vénus couchées et des Jésus à barbe blonde bénissant des enfants nus et des femmes drapées, renonçaient à reproduire sur la toile cette double coulée humide et lumineuse imprégnant les choses et embuant le ciel. Ses mains déformées avaient, en touchant les objets qu'il ne peignait plus, toutes les sollicitudes de la tendresse. Dans la triste rue d'Amsterdam, il rêvait à des campagnes tremblantes de rosée, plus belles que les bords de l'Anio crépusculaires, mais désertes, trop sacrées pour l'homme. Ce vieillard, que la misère semblait gonfler, paraissait atteint d'une hydropisie du cœur. Cornélius Berg, bâclant çà et là quelques piteux ouvrages, égalait Rembrandt par ses songes.

Il n'avait pas renoué avec ce qui lui restait de famille. Certains de ses parents ne l'avaient pas reconnu ; d'autres feignaient de l'ignorer. Le seul qui le saluât encore était le vieux Syndic de Haarlem.

Il travailla durant tout un printemps dans cette petite ville claire et propre, où on l'employait à peindre de fausses boiseries sur le mur de l'église. Le soir, sa tâche finie, il ne refusait pas d'entrer chez ce vieil homme doucement abêti par les routines d'une existence sans hasards, qui vivait seul, livré aux soins douillets d'une servante, et ne connaissait rien aux choses de l'art. Il poussait la mince barrière de bois peint ; dans le jardinet, près du canal, l'amateur de tulipes l'attendait parmi les fleurs. Cornélius ne se passionnait guère pour ces oignons inestimables, mais il était habile à distinguer les moindres détails des formes, les moindres nuances des teintes, et il savait que le vieux Syndic ne l'invitait que pour avoir son opinion sur une variété nouvelle. Personne n'aurait pu désigner par des mots l'infinie diversité des blancs, des bleus, des roses et des mauves. Grêles, rigides, les calices patriciens sortaient du sol gras et noir : une odeur mouillée, qui montait de la terre, flottait seule sur ces floraisons sans parfum. Le vieux Syndic prenait un pot sur ses genoux, et, tenant la tige entre deux doigts, comme par la taille, faisait, sans mot dire, admirer la délicate merveille. Ils échangeaient peu de paroles : Cornélius Berg donnait son avis d'un hochement de tête.

Ce jour-là, le Syndic était heureux d'une réussite plus rare que les autres : la fleur, blanche et violacée, avait presque les striures d'un iris. Il la considérait, la tournait en tous sens, et, la déposant à ses pieds :

— Dieu, dit-il, est un grand peintre.

Cornélius Berg ne répondit pas. Le paisible vieil homme reprit :

— Dieu est le peintre de l'univers.

Cornélius Berg regardait alternativement la fleur et le canal. Ce terne miroir plombé ne reflétait que des plates-bandes, des murs de brique et la lessive des ménagères, mais le vieux vagabond fatigué y contemplait vaguement toute sa vie. Il revoyait certains traits de physionomie aperçus au cours de ses longs voyages, l'Orient sordide, le Sud débraillé, des expressions d'avarice, de sottise ou de férocité notées sous tant de beaux ciels, les gîtes misérables, les honteuses maladies, les rixes à coups de couteau sur le seuil des tavernes, le visage sec des prêteurs sur gages et le beau corps gras de son modèle, Frédérique Gerritsdochter, étendu sur la table d'anatomie à l'école de médecine de Fribourg. Puis, un autre souvenir lui vint. À Constantinople, où il avait peint quelques portraits de sultans pour l'ambassadeur des Provinces-Unies, il avait eu l'occasion d'admirer un autre jardin de tulipes, orgueil et joie d'un pacha qui comptait sur le peintre pour immortaliser, dans sa brève perfection, son harem floral. À l'intérieur d'une cour de marbre, les tulipes rassemblées palpitaient et bruissaient, eût-on dit, de couleurs éclatantes ou tendres. Sur une vasque, un oiseau chantait ; les pointes des cyprès perçaient le ciel pâlement bleu. Mais l'esclave qui par ordre de son maître montrait à l'étranger ces merveilles était borgne et sur l'œil récemment perdu des mouches s'amassaient. Cornélius Berg soupira longuement. Puis, ôtant ses lunettes :

— Dieu est le peintre de l'univers.

Et, avec amertume, à voix basse :

— Quel malheur, monsieur le Syndic, que Dieu ne se soit pas borné à la peinture des paysages.

Post-scriptum

Cette réimpression des Nouvelles orientales, *en dépit de très nombreuses corrections de pur style, les laisse en substance ce qu'elles étaient lorsqu'elles parurent pour la première fois en librairie en 1938. Seule, la conclusion du récit intitulé* Kâli décapitée *a été récrite, afin d'y souligner davantage certaines vues métaphysiques dont cette légende est inséparable, et sans lesquelles, traitée à l'occidentale, elle n'est plus qu'une vague «Inde galante». Un autre conte,* Les emmurés du Kremlin, *tentative très ancienne de réinterpréter à la moderne une vieille légende slave, a été supprimé comme décidément trop mal venu pour mériter des retouches.*

Des dix nouvelles qui restent (et le titre Contes et Nouvelles *eût peut-être convenu davantage à la matière variée dont elles se composent), quatre sont des retranscriptions, plus ou moins librement développées par moi, de fables ou de légendes authentiques.* Comment Wang-Fô fut sauvé *s'inspire d'un apologue taoïste de la vieille Chine;* Le sourire de Marko *et* Le lait de la mort *proviennent de ballades balkaniques du Moyen Âge;* Kâli décapitée *dérive d'un inépuisable mythe hindou, le même qui, interprété d'ailleurs tout autrement, a fourni à* Goethe Le Dieu et la Bayadère *et à* Thomas Mann Les têtes transposées. *D'autre part,* L'homme qui a aimé les Néréides *et* La veuve Aphrodissia (Le chef rouge, *dans l'édition originale) ont pour point de départ des faits divers ou des superstitions de la Grèce d'aujourd'hui, ou plutôt d'hier, puisque leur rédaction se place entre 1932 et 1937.* Notre-Dame-des-Hirondelles *représente au contraire une fantaisie personnelle de l'auteur, née du désir d'expliquer le nom charmant d'une petite chapelle dans la campagne attique. Dans* Le dernier amour du prince Genghi, *les personnages et le cadre du récit sont empruntés, non à un mythe ou à une légende, mais à un grand texte littéraire du passé, à l'admirable roman japonais du* XIe *siècle, le* Genghi-Monogatari *de la romancière Mourasaki Shikibu, qui relate en six ou sept volumes les aventures d'un Don Juan asiatique de grand style. Mais, par un très caractéristique raffinement, Mourasaki « escamote » pour ainsi dire la mort de son héros et passe du chapitre où Genghi devenu veuf décide de se retirer du monde à celui où sa propre fin est déjà un fait accompli. La nouvelle qu'on vient de lire a pour but, sinon de remplir cette lacune, du moins de faire rêver à ce qu'eût été cet épilogue si Mourasaki elle-même l'avait composé.* La fin de Marko, *récit que, depuis des années, je me proposais d'écrire, n'a été rédigé qu'en 1978. Le conte a pour point de départ un fragment de ballade serbe évoquant la mort du héros aux mains d'un mystérieux, banal, et allégorique passant. Mais où ai-je lu ou entendu cette histoire à laquelle, ensuite, j'ai souvent repensé ? Je ne le sais plus, et ne la retrouve pas dans les quelques textes du même genre que j'ai sous la main, et qui donnent de la mort de Marko Kraliévitch plusieurs versions, mais pas celle-là.* Enfin, La tristesse de Cornélius Berg *(Les tulipes de Cornélius Berg dans le texte d'autrefois) avait été conçu comme devant servir de conclusion à un roman laissé jusqu'ici inachevé. Nullement oriental, sauf pour deux brèves allusions à un voyage de l'artiste en Asie Mineure (et l'une d'elles est elle-même un ajout récent), ce récit n'appartient guère, en somme, à la collection qui précède. Mais je n'ai pas résisté à l'envie de mettre en regard du grand peintre chinois, perdu et sauvé à l'intérieur de son œuvre, cet obscur contemporain de Rembrandt méditant mélancoliquement à propos de la sienne.*

Rappelons pour les amateurs de bibliographie que Kâli décapitée *avait paru dans* La Revue Européenne *en 1928,* Wang-Fô *et* Genghi, *respectivement, dans* La Revue de Paris *en 1936 et 1937, et durant ces mêmes années 1936-1937* Le sourire de Marko *et* Le lait de la mort *dans* Les Nouvelles Littéraires, *et* L'homme qui a aimé les Néréides *dans* La Revue de France. La fin de Marko *a paru dans* La Nouvelle Revue Française *en 1978.*

Comment Wang-Fô fut sauvé   11

Le sourire de Marko   29

Le lait de la mort   43

Le dernier amour du prince Genghi   59

L'homme qui a aimé les Néréides   75

Notre-Dame- des-Hirondelles   87

La veuve Aphrodissia   101

Kâli décapitée   115

La fin de Marko Kraliévitch   125

La tristesse de Cornélius Berg   133

Post-scriptum   141

DU MÊME AUTEUR

Aux Éditions Gallimard

Romans et nouvelles

ALEXIS OU LE TRAITÉ DU VAIN COMBAT - LE COUP DE GRÂCE, 1971 (« Folio » n° 1041 ; *Alexis ou Le traité du vain combat*, « Écoutez lire » ; *Le coup de grâce*, « Folio 2 € » n° 4394).

DENIER DU RÊVE, *version définitive*, 1971 (« L'Imaginaire » n° 100).

NOUVELLES ORIENTALES, 1963 ; *édition illustrée par Georges Lemoine*, 2016 (*édition revue et augmentée*, « L'Imaginaire » n° 31 ; « Écoutez lire »).

MÉMOIRES D'HADRIEN, *édition illustrée*, 1971 ; *édition courante*, 1974 (« Folio » n° 921 ; « Écoutez lire »).

L'ŒUVRE AU NOIR, 1968 (« Folio » n° 798).

ANNA, SOROR..., 1981 (« Folio » n° 2230).

COMME L'EAU QUI COULE. Anna, soror... - Un homme obscur - Une belle matinée, 1982.

UN HOMME OBSCUR - UNE BELLE MATINÉE, 1985 (« Folio » n° 3075).

CONTE BLEU - LE PREMIER SOIR - MALÉFICE, 1993 (« Folio » n° 2838).

Essais et mémoires

SOUS BÉNÉFICE D'INVENTAIRE, 1962 ; *édition définitive*, 1978 (« Folio Essais » n° 110).

LE LABYRINTHE DU MONDE

    I : Souvenirs pieux, 1974 (« Folio » n° 1165).

    II : Archives du Nord, 1977 (« Folio » n° 1328).

    III : Quoi ? L'Éternité, 1988 (« Folio » n° 2161).

MISHIMA OU LA VISION DU VIDE, 1981 (« Folio » n° 2497).

LE TEMPS, CE GRAND SCULPTEUR, 1983 (« Folio Essais » n° 175).

EN PÈLERIN ET EN ÉTRANGER, 1989.

LE TOUR DE LA PRISON, 1991 (« Folio » n° 5584).

SOURCES II, *texte établi par Élyane Dezon-Jones, présenté par Michèle Sarde*, 1999.

DISCOURS DE RÉCEPTION DE MARGUERITE YOURCENAR À L'ACADÉMIE ROYALE BELGE

DE LANGUE ET DE LITTÉRATURE FRANÇAISES, *précédé du* DISCOURS DE BIENVENUE DE CARLO BRONNE, 1971.

DISCOURS DE RÉCEPTION À L'ACADÉMIE FRANÇAISE DE MME M. YOURCENAR ET RÉPONSE DE M. J. D'ORMESSON, 1981.

Théâtre

THÉÂTRE I : Rendre à César - La petite sirène - Le dialogue dans le marécage, 1971.

THÉÂTRE II : Électre ou la chute des masques - Le mystère d'Alceste - Qui n'a pas son Minotaure ?, 1971.

LE DIALOGUE DANS LE MARÉCAGE. Pièce en un acte, 1988.

Poèmes et poèmes en prose

FEUX, 1974 (« L'Imaginaire » n° 294).

LES CHARITÉS D'ALCIPPE, *nouvelle édition*, 1984.

Correspondance et entretiens

LETTRES À SES AMIS ET QUELQUES AUTRES, *édition établie, présentée et annotée par Michèle Sarde et Joseph Brami*, 1995 (« Folio » n° 2983).

PORTRAIT D'UNE VOIX. Vingt-trois entretiens 1952-1987, *textes réunis, présentés et annotés par Maurice Delcroix*, 2002.

D'HADRIEN À ZÉNON. Correspondance 1951-1956, *texte établi et annoté par Colette Gaudin et Rémy Poignault, préface de Josyane Savigneau*, 2004.

« UNE VOLONTÉ SANS FLÉCHISSEMENT ». Correspondance 1957-1960 (D'Hadrien à Zénon, II), *texte établi, annoté et préfacé par Joseph Brami et Maurice Delcroix*, 2007.

UNE RECONSTITUTION PASSIONNELLE. Correspondance avec Silvia Baron Supervielle 1980-1987, *édition d'Achmy Halley, avant-propos de Silvia Baron Supervielle*, 2009.

« PERSÉVÉRER DANS L'ÊTRE ». Correspondance 1961-1963 (D'Hadrien à Zénon, III), *texte établi et annoté par Joseph Brami et Rémy Poignault, avec la collaboration de Maurice Delcroix, Colette Gaudin et Michèle Sarde. Préface de Joseph Brami et Michèle Sarde*, 2011.

EN 1939, L'AMÉRIQUE COMMENCE À BORDEAUX. Lettres à Emmanuel Boudot-Lamotte (1938-1980), *édition d'Élyane Dezon-Jones et Michèle Sarde*, 2016.

Traductions

PRÉSENTATION CRITIQUE DE CONSTANTIN CAVAFY *suivi d'une traduction intégrale des* POÈMES *par M. Yourcenar et C. Dimaras*, 1958 (« Poésie/Gallimard » n° 125).

FLEUVE PROFOND, SOMBRE RIVIÈRE. « Negro Spirituals », *commentaires et traductions*, 1964 (« Poésie/Gallimard » n° 99).

PRÉSENTATION CRITIQUE D'HORTENSE FLEXNER *suivi d'un choix de* POÈMES, 1979.

LA COURONNE ET LA LYRE, *présentation critique et traductions d'un choix de poètes grecs*, 1979 (« Poésie/Gallimard » n° 190).

LE COIN DES « AMEN » de James Baldwin, 1983.

CINQ NÔ MODERNES de Yukio Mishima, 1984.

BLUES ET GOSPELS, *textes traduits et présentés par Marguerite Yourcenar, images réunies par Jerry Wilson*, 1984.

LA VOIX DES CHOSES, *textes recueillis par Marguerite Yourcenar, photographies de Jerry Wilson*, 1987.

Dans la « Bibliothèque de la Pléiade »

ŒUVRES ROMANESQUES : Alexis ou le Traité du vain combat - Le Coup de grâce - Denier du rêve - Mémoires d'Hadrien - L'Œuvre au Noir - Anna, soror... - Un homme obscur - Une belle matinée - Feux - Nouvelles orientales - La Nouvelle Eurydice, 1982.

ESSAIS ET MÉMOIRES : Sous bénéfice d'inventaire - Mishima ou la Vision du vide - Le Temps, ce grand sculpteur - En pèlerin et en étranger - Le Tour de la prison - Le Labyrinthe du monde, I, II et III - Pindare - Les Songes et les Sorts - *Articles non recueillis en volume*, 1991.

Dans la collection « Biblos »

SOUVENIRS PIEUX - ARCHIVES DU NORD - QUOI ? L'ÉTERNITÉ. Le Labyrinthe du monde, I, II et III, 1990.

Dans la collection « Folioplus classiques »

COMMENT WANG-FÔ FUT SAUVÉ ET AUTRES NOUVELLES. *Dossier et notes réalisés par Pierre-Louis Fort*, n° 100, 2007.

Dans la collection « Folio+Collège »

COMMENT WANG-FÔ FUT SAUVÉ. *Dossier par Justine Denaud*, n° 50, 2018.

Aux Éditions Gallimard Jeunesse

COMMENT WANG-FÔ FUT SAUVÉ, *avec des illustrations de Georges Lemoine*, 1979 (« Folio Cadet » n° 178, « Livres audio Cadet », « Écoutez lire », « Folio Cadet Les classiques » n° 2).

NOTRE-DAME-DES-HIRONDELLES, *avec des illustrations de Georges Lemoine*, 1982.

LE CHEVAL NOIR À TÊTE BLANCHE, *présentation et traduction de contes d'enfants indiens, illustration collective*, 1985.

UNE BELLE MATINÉE, 2003 (« Folio Junior » n° 1258).

Collection **L'Imaginaire**

Axée sur les constructions de l'imagination, cette collection vous invite à découvrir les textes les plus originaux des littératures romanesques française et étrangères.

Derniers volumes parus

621. **Novalis** HENRI D'OFTERDINGEN
622. **Thomas Bernhard** LE FROID
623. **Iouri Bouïda** LE TRAIN ZÉRO
624. **Josef Škvorecký** MIRACLE EN BOHÊME
625. **Kenzaburô Ôé** ARRACHEZ LES BOURGEONS, TIREZ SUR LES ENFANTS
626. **Rabindranath Tagore** MASHI
627. **Victor Hugo** LE PROMONTOIRE DU SONGE
628. **Eugène Dabit** L'ÎLE
629. **Herman Melville** OMOU
630. **Juan Carlos Onetti** LES BAS-FONDS DU RÊVE
631. **Julio Cortázar** GÎTES
632. **Silvina Ocampo** MÉMOIRES SECRÈTES D'UNE POUPÉE
633. **Flannery O'Connor** LA SAGESSE DANS LE SANG
634. **Paul Morand** LE FLAGELLANT DE SÉVILLE
635. **Henri Michaux** DÉPLACEMENTS DÉGAGEMENTS
636. **Robert Desnos** DE L'ÉROTISME
637. **Raymond Roussel** LA DOUBLURE
638. **Panaït Istrati** ONCLE ANGHEL
639. **Henry James** LA MAISON NATALE
640. **André Hardellet** DONNEZ-MOI LE TEMPS suivi de LA PROMENADE IMAGINAIRE
641. **Patrick White** UNE CEINTURE DE FEUILLES
642. **F. Scott Fitzgerald** TOUS LES JEUNES GENS TRISTES
643. **Jean-Jacques Schuhl** TÉLEX N° 1

644. Guillaume Apollinaire LES TROIS DON JUAN

645. Curzio Malaparte LE BAL AU KREMLIN

646. Rainer Maria Rilke DEUX HISTOIRES PRAGOISES

647. Junichirô Tanizaki LE SECRET ET AUTRES TEXTES

648. V. S. Naipaul UN DRAPEAU SUR L'ÎLE

649. Adalbert Stifter LES GRANDS BOIS

650. Joseph Conrad AU CŒUR DES TÉNÈBRES

651. Piotr Rawicz LE SANG DU CIEL

652. Julio Cortázar FAÇONS DE PERDRE

653. Henri Calet DE MA LUCARNE

654. William Faulkner LES LARRONS

655. Truman Capote LES CHIENS ABOIENT

656. Robert Walser LE BRIGAND

657. Jean Rhys SOURIEZ, S'IL VOUS PLAÎT

658. Mouloudji ENRICO

659. Philippe Soupault CHARLOT

660. Patrick White ÉDEN-VILLE

661. Beppe Fenoglio L'EMBUSCADE

662. Cesare Pavese LE BEL ÉTÉ

663. Iris Murdoch AMOUR PROFANE, AMOUR SACRÉ

664. Giuseppe Antonio Borgese VIE DE FILIPPO RUBÈ

665. Federico García Lorca IMPRESSIONS ET PAYSAGES

666. Blaise Cendrars MON VOYAGE EN AMÉRIQUE suivi du RETOUR

667. Graciliano Ramos SÃO BERNARDO

668. Darcy Ribeiro UTOPIE SAUVAGE

669. Pierre Gascar LE PRÉSAGE

670. Cesare Pavese SALUT MASINO

671. D. H. Lawrence LES FILLES DU PASTEUR

672. Violette Leduc LA VIEILLE FILLE ET LE MORT

673. Marcel Proust CHRONIQUES

674. Philippe Soupault LE TEMPS DES ASSASSINS

675. Claudio Magris ENQUÊTE SUR UN SABRE

676. Alejo Carpentier CHASSE À L'HOMME

677. Roger Caillois PONCE PILATE

678. Jean Paulhan LE GUERRIER APPLIQUÉ. PROGRÈS EN AMOUR ASSEZ LENTS. LALIE

679. Milan Füst L'HISTOIRE DE MA FEMME

680. Marc Bernard MAYORQUINAS

681. Ernst von Salomon LE QUESTIONNAIRE

682. Nelson Algren LA RUE CHAUDE

683. Thomas Bernhard UN ENFANT

684. Jorge Luis Borges ANTHOLOGIE PERSONNELLE

685. Violette Leduc LA FEMME AU PETIT RENARD

686. Isaac Babel CONTES D'ODESSA suivi de NOUVELLES

687. Karen Blixen LETTRES D'AFRIQUE 1914-1931

688. Robert Desnos NOUVELLES HÉBRIDES suivi de DADA-SURRÉALISME 1927

689. Kenzaburô Ôé LE JEU DU SIÈCLE

690. Joseph Conrad UN PARIA DES ÎLES

691. Inès Cagnati LE JOUR DE CONGÉ

692. Kenzaburô Ôé LE FASTE DES MORTS

693. Raymond Queneau LE DIMANCHE DE LA VIE

694. Louis Calaferte C'EST LA GUERRE

695. Vladimir Nabokov ROI, DAME, VALET

696. Lawrence Durrell LE SOURIRE DU TAO

697. Henri Calet FIÈVRE DES POLDERS

698. Eugène Ionesco LE BLANC ET LE NOIR

699. Erskine Caldwell LES VOIES DU SEIGNEUR

700. Vassili Axionov L'OISEAU D'ACIER

701. John Updike COUPLES

702. Thomas Bernhard LES MANGE-PAS-CHER

703. Alejo Carpentier LA DANSE SACRALE

704. John Edgar Wideman DEUX VILLES

705. Réjean Ducharme DÉVADÉ

706. Lawrence Osborne ANIA MALINA

707. René Depestre ALLÉLUIA POUR UNE FEMME-JARDIN

708. Hector Bianciotti SANS LA MISÉRICORDE DU CHRIST

709. Nathalie Sarraute MARTEREAU

Composition : IGS-CP à L'Isle-d'Espagnac (16)
Achevé d'imprimer par Normandie Roto Impression s.a.s. à Lonrai (61) en mars 2020
Dépôt légal : mars 2020
Premier dépôt légal dans la collection : octobre 1978
Numéro d'imprimeur : 2001027
ISBN : 978-2-07-029973-7 / Imprimé en France

367533